KLONKRIEGSROMANE VON PANINI-DINO

Star Wars: Das Vermächtnis der Jedi
Jude Watson – ISBN 3-8332-1073-7

Star Wars: Das Geheimnis der Jedi
Jude Watson – ISBN 3-8332-1231-4

Star Wars Boba Fett Band 1: Der Kampf ums Überleben
Terry Bisson – ISBN 3-89748-705-5

Star Wars Boba Fett Band 2: Im Kreuzfeuer
Terry Bisson – ISBN 3-89748-706-3

Star Wars Boba Fett Band 3: Das Labyrinth
Elizabeth Hand – ISBN 3-89748-707-1

Star Wars Boba Fett Band 4: Gejagt
Elizabeth Hand – ISBN 3-89748-708-X

Star Wars Boba Fett Band 5: Eine neue Bedrohung
Elizabeth Hand – ISBN 3-8332-1068-0

Star Wars Boba Fett Band 6: Auf der Spur
Elizabeth Hand – ISBN 3-8332-1069-9

STAR WARS™

EPISODE III

DIE RACHE DER SITH™

Patricia C. Wrede

**Basierend auf der Story
und dem Original-Drehbuch
von George Lucas**

Dino

Die Deutsche Bibliothek – CIP-Einheitsaufnahme

Ein Titeldatensatz für diese Publikation ist bei der Deutschen Bibliothek erhältlich.

Dieses Buch wurde auf chlorfreiem, umweltfreundlich hergestelltem Papier gedruckt.

In neuer Rechtschreibung.

Deutsche Ausgabe 2005 erschienen bei Panini Verlags GmbH, Rotebühlstraße 87, 70178 Stuttgart.
Titel der amerikanischen Originalausgabe: „Patricia C. Wrede: *Star Wars*: Episode III *Revenge of the Sith*".

Übersetzung: Dominik Kuhn
Lektorat: Inken Bohn
Redaktion: Mathias Ulinski, Holger Wiest
Chefredaktion: Jo Löffler
Umschlaggestaltung: tab visuelle kommunikation, Stuttgart
basierend auf dem US-Cover Design von Louise Bova und Lucasfilm
Satz: Greiner & Reichel, Köln
Druck: Panini S. P. A., Italien
ISBN: 3-8332-1224-1

www.dinocomics.de
www.starwars.com

Prolog

Es war einmal vor langer Zeit in einer weit, weit entfernten Galaxis …

Die Republik befand sich im Krieg. Zweitausend Jahre lang hatten die Jedi den Frieden gewahrt, doch dieses Mal hatten nicht einmal ihre herausragenden Fähigkeiten den Zwist verhindern können. Die Separatistenbewegung hatte sich unter der Führung des ehemaligen Jedi Count Dooku von der Galaktischen Republik abgespalten. Während einer Mission der Jedi auf dem Planeten Geonosis war Krieg ausgebrochen, und viele der Jedi hatten ihr Leben gelassen. Jedi-Meister Yoda war unerwartet mit Klontruppen erschienen – rechtzeitig, um diese erste Schlacht für die Republik zu entscheiden, doch zu spät, um den Krieg noch aufhalten zu können.

Zunächst waren viele in der Republik zuversichtlich gewesen, dass die Klontruppen den Krieg schnell beenden würden. Doch auf der Seite der Separatisten stand die Handelsföderation mit ihrer riesigen Droiden-Armee, und trotz der Möglichkeiten der Klonmeister, das Wachstum zu beschleunigen, dauerte die Fertigstellung eines Klons länger als die eines Kampf-Droiden. Der Klonkrieg tobte also weiter und griff auf viele Systeme über.

Nur die Jedi überraschte das nicht. Denn auf Geonosis hatten Obi-Wan Kenobi und sein Padawan-Schüler Anakin Skywalker erfahren, dass Count Dooku zur Dunklen Seite der Macht übergetreten war. Und dass die Dunkle Seite im Laufe der letzten Jahre immer mehr an Stärke gewonnen hatte. Die Jedi wussten, dass die Separatisten weder schnell noch einfach zu besiegen sein würden, da sie von einem Dunklen Lord der Sith angeführt wurden.

Anakin Skywalker und Obi-Wan Kenobi hatten sich sofort in den Kampf begeben, nachdem sie ihre in der Schlacht gegen Count Dooku erlittenen Verletzungen auskuriert hatten.

Gemeinsam waren sie zu Helden der Republik geworden, die die Klontruppen manchmal in heftige Kämpfe und manchmal in geheime, gewagte Feldzüge geführt hatten. Wegen ihres Einsatzes war Anakin Skywalker zum Jedi-Ritter ernannt worden und Obi-Wan Kenobi hatte einen Sitz im Rat der Jedi erhalten. Außerdem wurde ihm der Titel eines Jedi-Meisters verliehen.

Niemand – nicht einmal einer der Jedi – wusste, dass eine von Anakins Triebfedern die Sehnsucht war, wieder auf Coruscant zu sein, dem Sitz des Galaktischen Senats. In Missachtung der Regeln des Jedi-Ordens hatte er heimlich die Senatorin Padmé Amidala geheiratet, die vorwiegend im Senat arbeitete.

Als sich die Kämpfe auf die Welten im Outer Rim ausgedehnt hatten, waren auch die Gelegenheiten weniger geworden, in denen sich Anakin zu seiner Frau davonstehlen konnte.

Und dann hatten die Separatisten einen lähmenden Schlag gegen das Herz der Republik geführt. Eine Flotte von Schiffen unter dem Kommando des gefürchteten Separatisten General Grievous hatte es geschafft, sich den Weg durch die äußeren Verteidigungslinien von Coruscant zu bahnen und einen direkten Angriff zu fliegen. In den Wirren hatten die Separatisten den Obersten Kanzler Palpatine, den gewählten Führer der Republik, gefangen genommen.

Doch Coruscant war nicht nur das Herz der Regierung und des Galaktischen Senats. Es war auch die Heimat des Jedi-Tempels. Als die Attacke der Separatisten begonnen hatte, war eine Nachricht hinaus zum Outer Rim geschickt worden, mit der die besten Krieger der Jedi zurückbeordert wurden. Und bevor die Separatisten mit dem Obersten Kanzler aus dem Coruscant-System fliehen konnten, waren sie einem erbitterten Gegenangriff ausgesetzt. Welle um Welle von Klon-Raumjägern, angeführt von Obi-Wan und Anakin, drang auf ihre Schiffe ein …

Kapitel 1

Laserstrahlen blitzten im Weltraum um Obi-Wans Jedi-Interceptor auf, als seine Finger über die Bedienelemente tanzten. Der kleine Raumjäger schien ebenfalls zu tanzen, als er den Schüssen auswich. *Der Weltraum sollte doch eigentlich leer sein*, dachte Obi-Wan, als er sich durch den Schwarm von Tri-Droiden-Jägern schlängelte.

Dabei war der Weltraum um Coruscant noch nie leer gewesen. Der Hauptplanet der Galaktischen Republik zog jeden Tag Tausende von Schiffen an, die Diplomaten und Senatoren, Touristen und Flüchtlinge, Nahrungsmittel und Waren aus fremden, fernen Sternensystemen brachten. Doch die Schiffe, die jetzt den Himmel erfüllten, waren Raumjäger, Kreuzer und Kampfschiffe und keine Frachter oder Transporter.

Wenigstens gehören ein paar davon zu uns, dachte Obi-Wan. Sein Schiff erbebte, als ein Droiden-Jäger etwas zu dicht neben ihm explodierte. Anakin hatte einen Treffer gelandet. Obi-Wan verzog das Gesicht. Er mochte diese Art zu fliegen nicht – nicht so wie sein ehemaliger Schüler. „Fliegen ist etwas für Droiden", murmelte er.

Als sich der Feuerball aufgelöst hatte, sah Obi-Wan eine Bewegung vor dem sternenübersäten Luftraum. „Vorsicht", sagte er in sein Comm-System. „Vier Droiden im Anflug."

Noch während er sprach, flog er einen Bogen, um den angreifenden Tri-Jägern auszuweichen. Anakins Interceptor folgte an seiner Seite der Bewegung in perfektem Einklang. Sie flogen seitlich um die Droiden-Formation herum und schossen unerwartet nah an die beiden nächsten Schiffe heran. Ein Droide sah sie und folgte ihnen, doch das Schiff dahinter behielt seinen ursprünglichen Kurs bei, sodass die beiden Raumjäger kollidierten.

Zwei ausgeschaltet, noch zwei da. Doch die verbliebenen Droiden würden nicht auf denselben Trick hereinfallen. „Wir müssen sie auseinander bringen!“, sagte er in seinen Comlink.

„Nach links ausbrechen“, erklang Anakins Stimme in seinem Ohr. „Fliegt zwischen den Kanonen an diesem Geschützturm hindurch.“

„Du hast gut reden“, brummte Obi-Wan, als er seinen Jäger auf die Geschütztürme des nächsten Kreuzers zu steuerte. „Weshalb bin ich immer der Köder?“

„Keine Sorge“, sagte Anakin beruhigend. „Ich bin hinter Euch.“

Obi-Wan hätte geschnaubt, doch er war zu sehr damit beschäftigt, seinen Jäger zu steuern. So nahe an einem großen Raumschiff zu fliegen, war eine knifflige Sache, selbst mit Hilfe der Macht. Die Droiden hatten damit weniger Probleme. Beide Schiffe waren ihm auf den Fersen und holten schnell auf.

Laserfeuer blitzte auf und verfehlte den Jedi-Jäger nur knapp. „Anakin, sie haben mich in der Zange!“, beschwerte sich Obi-Wan.

„Immer geradeaus!“, sagte Anakins Stimme zufrieden. „Fliegt etwas nach links, damit ich ein freies Schussfeld habe. Ich komme näher … Nimm ihn ins Visier, Artoo!“

Obi-Wan hörte im Hintergrund ein leises Piepen von Anakins Astromech-Droiden R2-D2. Einen Augenblick später explodierte einer der Tri-Jäger hinter ihm. Obi-Wan wäre allerdings glücklicher gewesen, wenn der zweite Jäger das Feuer eingestellt hätte. Außerdem schoss er sich immer besser auf Obi-Wan ein. Das war die Schwierigkeit mit Droiden: Man konnte sie nicht ablenken. „Mir gehen langsam die Tricks aus“, sagte Obi-Wan zu Anakin.

Der Kreuzer fiel hinter ihnen zurück. Hier draußen im All saß Obi-Wan praktisch auf dem Präsentierteller. Er brauchte etwas, wohinter er sich verstecken konnte. Vor ihm schwebte ein Kampfschiff der Separatisten im Raum. Das war vielleicht nicht die beste aller Ideen, aber im Augenblick die einzige. „Ich fliege zum Deck hinunter“, sagte er zu Anakin. Dann riss er seinen Jäger zur Seite und wich so nur knapp einer zweiten Salve von Laserfeuer aus.

„Gute Idee.“ Anakin klang begeistert. „Ich brauche Platz zum Manövrieren.“

Wie bitte? Ist der Weltraum nicht groß genug? Doch Obi-Wan war einmal mehr zu beschäftigt, um zu sprechen – er schoss auf der Oberfläche eines großen Raumschiffs entlang. Und dieses schoss auch noch auf ihn, ganz abgesehen von dem Droiden-Jäger, der ihm im Nacken hing. *Vielleicht war das doch keine solch gute Idee*, dachte er, als er Schüssen auswich, die aus allen Richtungen kamen.

„Scharf nach rechts!“, sagte Anakin, und zum ersten Mal klang seine Stimme etwas angespannt. „Hört Ihr mich? Nach rechts! Lasst nicht zu, dass er Euch festnagelt!“ Das Comm-System knisterte, doch die Übertragung brach nicht ab. „Los, Artoo, nimm ihn ins Visier!“, sagte Anakin. „Anvisieren!“

„Beeilung!“, sagte Obi-Wan. „Mir gefällt das nicht.“ Ein Laserstrahl traf eine seiner Tragflächen. Das Schiff bäumte sich auf und drehte sich. Obi-Wans Hand zuckte von einer Steuerungseinheit zur nächsten. Sein Astromech-Droide piepte eifrig hinter ihm. „Versuch nicht einmal, es zu reparieren, Arfour“, sagte Obi-Wan zu dem Droiden. „Ich habe es abgeschaltet.“ Jetzt würde es noch schwieriger werden, den Droiden auszuweichen. Wenn Anakin sich nicht beeilte …

Anakin schien Obi-Wans Gedanken gehört zu haben. „Wir haben ihn im Fadenkreuz“, sagte er. „Wir haben ihn.“ Einen Augenblick später explodierte der Tri-Jäger. „Gut gemacht, Artoo!“

Obi-Wan stieß einen leisen Seufzer der Erleichterung aus. „Das nächste Mal bist *du* der Köder“, sagte er zu Anakin. Er konnte sich das Grinsen seines ehemaligen Padawans vorstellen und fügte deshalb mit fester Stimme hinzu: „Jetzt lass uns das Kommandoschiff finden und die Sache zu Ende bringen.“

„Genau vor uns“, gab Anakin zurück. „Das eine, das vor Vulture-Droiden-Jägern nur so wimmelt.“

„Ich sehe sie.“ Es war schwer, sie *nicht* zu sehen. Tausende der breiten, flachen Gebilde kauerten bedrohlich hinter dem blauen Kraftfeld, das den offenen Hangar abschirmte. „Oh, das dürfte einfach werden“, sagte Obi-Wan voller Sarkasmus.

„Kommt schon, Meister“, sagte Anakin. „Jetzt wird es erst richtig lustig!“

Obi-Wan schüttelte den Kopf, obwohl Anakin ihn natürlich nicht sehen konnte. Sie waren schon ähnliche Risiken eingegangen und hatten gewonnen – aber nur knapp. Wäre dies ein normaler Kampf gewesen, hätte sich Obi-Wan Anakin angeschlossen. *Wenn auch nicht mit Freuden.* Aber jetzt konnte jeder Fehler das Leben des Kanzlers kosten. „Nicht dieses Mal“, sagte Obi-Wan. „Es steht zu viel auf dem Spiel. Wir brauchen Hilfe.“ Er änderte die Einstellungen seines Kommunikators und rief die nächste Schwadron Klonjäger.

Einen Augenblick später war er froh, dass er es getan hatte. Die Droiden flogen los und erhoben sich als dunkle Wolke aus dem Hangar. Sie kamen geradewegs auf Anakin und Obi-Wan zu.

Die aus ARC-170-Jägern bestehende Schwadron der Klone ging hinter ihnen in Formation. Obi-Wan konnte gerade noch ihre Ankunft zur Kenntnis nehmen, da waren die Separatisten-Droiden schon herangekommen. Er schoss einen von ihnen ab und flog einen Bogen zurück zu Anakin. Doch hinter dem Kreuzer tauchten noch mehr Jäger auf.

Obi-Wan schoss auf einen der Droiden, wich einer Reihe von Laserschüssen von zwei anderen aus und gab eine Warnung durch. „Anakin, dir hängen vier im Genick!“

„Ich weiß, ich weiß.“

„Und vier weitere nähern sich von deiner Linken.“

„Ich weiß, ich weiß!“ Anakins Schiff kippte wie wild von einer Seite zur anderen und wich dem Laserfeuer aus. „Ich werde sie durch das Nadelöhr locken.“

Obi-Wan warf einen Blick auf das Kampfschiff der Handelsföderation. Am Ende eines langen Grabens stand ein Kommandoturm auf zwei Metallstreben, zwischen denen nur ein schmaler Spalt frei war. Anakin hatte Recht: Die Droiden-Jäger würden es niemals hindurch schaffen. Selbst ein Jedi könnte gegen eine der Streben fliegen, wenn er nicht vollkommen konzentriert wäre. „Zu gefährlich“, sagte er. „Erste Jedi-Regel: überleben.“

Die nächste Lasersalve brach über Anakins Schiff herein. „Tut mir Leid, ich habe keine andere Wahl", sagte er. Sein Jäger hüpfte und zitterte. „Kommt hier herunter und dünnt sie etwas aus."

Obi-Wan schüttelte wieder den Kopf, doch er stürzte sich auf die acht Vulture-Droiden-Jäger, als Anakins Jäger den Graben entlang auf den viel zu schmalen Spalt zu schoss.

Das Laserfeuer kam praktisch ununterbrochen. *Wo ist Obi-Wan?*, dachte Anakin, als er mit seinem Schiff Bogen und Sprünge flog. Irgendwo hinter sich spürte er eine größere Explosion und warf einen Blick auf seinen hinteren Monitor. Einige der Droiden waren in einem großen Feuerball verschwunden. Gut. *Wenn mir der Rest jetzt nur folgt ...*

Das ‚Nadelöhr' kam immer näher. R2-D2 piepte nervös. „Ruhig, Artoo", sagte Anakin. „Das machen wir nicht zum ersten Mal."

„Nutze die Macht", sagte Obi-Wans Stimme in seinem Comlink. „Erfühle deinen Weg. Das Schiff wird dir folgen."

Als ob ich das nicht schon längst wüsste. Es nervte Anakin, wenn sein ehemaliger Meister ihn behandelte, als wäre er noch immer ein Padawan. Dabei war er ein Jedi-Ritter, genauso gut wie Obi-Wan. *Oder besser.* Doch er hatte jetzt keine Zeit, sich über Obi-Wan aufzuregen – nicht jetzt, da der Kommandoturm direkt vor ihm lag.

R2-D2 kreischte panisch, als Anakin das Schiff zur Seite kippte, um es gerade noch rechtzeitig durch den Spalt zu bringen. „Ich bin durch!", teilte er Obi-Wan mit.

Er zog hoch, entfernte sich von dem Kampfschiff und sah, wie Obi-Wans Jäger die letzten beiden der Vulture-Droiden-

Jäger in den Feuerball trieb, der um die Stützen des Kommandoturms loderte. *Sie haben versucht, mir zu folgen und nicht getroffen*, dachte Anakin zufrieden.

Obi-Wan zog noch weit vor dem Turm nach oben, und dann flogen die beiden Jedi-Interceptoren Seite an Seite. Die Raumjäger der Klone tanzten um sie herum im All ihren tödlichen Tanz mit der riesigen Wolke aus Vulture-Droiden-Jägern und schossen aus allen Rohren. Doch die Klone waren bei weitem in der Unterzahl.

„Ich werde ihnen helfen!“, sagte Anakin und wendete seinen Jäger.

„Nein!“, sagte Obi-Wan entschlossen. „Sie machen ihre Arbeit, damit wir unsere machen können. Mach dich auf den Weg zum Kommandoschiff!“

Anakin fügte sich. Er war wieder genervt, dieses Mal allerdings eher über sich selbst als wegen Obi-Wan. Er hatte tatsächlich einen Augenblick vergessen, dass es unwichtig war, die Schlacht zu gewinnen – wenn das Kommandoschiff entkommen würde, in dem der Oberste Kanzler Palpatine gefangen war.

Genau vor ihnen tauchten zwei Droiden-Tri-Jäger auf und schossen ihre Raketen ab. Anakin warnte Obi-Wan über das Comm-System, als er sein eigenes Schiff scharf nach rechts zog. Zwei Raketen folgten ihm. *Mal sehen, ob sie das auch können*, dachte Anakin und flog ein enges Looping. Die Raketen kollidierten miteinander und explodierten. Anakin suchte Obi-Wan, als dessen Stimme aus dem Kommunikator drang. „Ich wurde getroffen!“

Anakin blieb beinahe das Herz stehen. Verzweifelt flog er zu Obi-Wans Schiff. Es sah intakt aus – bis er die Buzz-Droiden sah, die wie Spinnen über die Oberfläche von Obi-Wans Schiff krabbelten, Löcher in die Außenhaut bohrten und die Verkabelung herausrissen. Wenn sie so weitermachen würden, hätten sie den Jäger in wenigen Minuten komplett zerstört.

Eine unnatürliche Ruhe überkam Anakin. „Buzz-Droiden", sagte er zu Obi-Wan. „Ich sehe sie."

Einen Moment herrschte Stille, als Obi-Wan diese Information verarbeitete. Dann war seine Stimme wieder zu hören. Obi-Wan klang kühl, beinahe resigniert. „Verschwinde hier, Anakin. Du kannst nichts mehr tun."

Ich werde mir etwas einfallen lassen. „Ich lasse Euch nicht zurück, Meister", sagte Anakin.

„Die Mission, Anakin", erinnerte Obi-Wan ihn sanft, so als würde er einem ungeduldigen Padawan eine besonders schwierige Lektion beibringen. „Flieg zum Kommandoschiff. Befreie den Kanzler."

Anakin zögerte. Kanzler Palpatine war nicht nur das Oberhaupt der Republik, er war auch Anakins Freund und Ratgeber. Seine sanfte Weisheit hatte ihm oft geholfen. Nur Padmé wusste mehr über Anakins geheime Gefühle. Doch Obi-Wan war seit seinem neunten Lebensjahr sein Lehrer und Begleiter gewesen. Er war der Vater, den Anakin nie gehabt hatte, der Bruder, den Anakin sich immer gewünscht hatte, und der Partner, der Anakins Leben so oft gerettet hatte, dass er es gar nicht mehr zählen konnte. Und auch er hatte Obi-Wan viele Male das Leben gerettet. Anakin schob das Kinn vor. „Nicht ohne Euch."

„Sie setzen meine Steuerung außer Betrieb", sagte Obi-Wan.

Anakin schluckte. Die Buzz-Droiden hatten bereits Obi-

Wans Astromech-Droiden zerlegt, damit er nichts mehr reparieren konnte. Ohne Steuerung würde Obi-Wan ziellos durchs All torkeln. Und selbst wenn sein Lebenserhaltungssystem noch funktionierte, würde es schwierig werden, ihn zu finden, bevor ihm die Luft zum Atmen ausging. Und die Buzz-Droiden würden nicht bei der Steuerung Halt machen. Sie würden sich als Nächstes über das Lebenserhaltungssystem hermachen.

Nein! Anakin flog von der Seite kommend an Obi-Wans Schiff heran und schoss. Der Schuss ließ ein paar Buzz-Droiden in Rauch aufgehen ... und einen Teil von Obi-Wans linker Tragfläche.

„Das bringt nichts“, sagte Obi-Wan.

„Einverstanden, schlechte Idee“, gab Anakin zu. *Aber ich muss etwas unternehmen! Was bleibt mir noch?* „Nach rechts. Langsam ...“ Er schob sein Schiff näher an Obi-Wans Jäger heran. Immer näher ...

„Warte!“, stieß Obi-Wan protestierend hervor. „Du wirst uns noch beide umbringen!“ Er klang so, als würde er sich mehr Sorgen um das machen, was Anakin gerade tat, und weniger um die Buzz-Droiden.

Anakin ignorierte ihn. Obi-Wan war immer dagegen, wenn Anakin etwas Kniffliges ausprobieren wollte. Doch so lange er sein Schiff ruhig hielt und Anakin damit ein stetes Ziel bot, konnte er sich beschweren, so lange er wollte. Anakin näherte sich vorsichtig. Mit seiner Tragfläche schabte er weitere Buzz-Droiden ab, doch trotz seiner Vorsicht entstanden an beiden Schiffen Beulen, und einer der beiden verbleibenden Buzz-Droiden rannte an seiner Tragfläche hoch. *Das darf ich nicht noch einmal versuchen.*

R2-D2 piepte wütend hinter ihm. *Artoo schafft das*, dachte

Anakin. *Vielleicht kann er sogar beide erledigen!* „Los, hol sie dir, Artoo!", sagte er.

„Nimm dir die Augen vor", sagte Obi-Wan. Anakin hörte einen Knall, und eine Sekunde später rutschte der Buzz-Droide die Tragfläche hinunter und verschwand torkelnd im All. *Einer weniger.*

Rauch drang aus der Schnauze von Obi-Wans Schiff. Anakin ging noch näher heran, damit Artoo den letzten Buzz-Droiden erreichen konnte. „Schieß ihn ab!", sagte Obi-Wan. „Meine Steuerung ist zerstört."

Er kann den Jäger immer noch lenken, dachte Anakin. Doch ohne die restliche Steuerung war Obi-Wans Schiff nichts weiter als eine Zielscheibe für die Vulture-Droiden-Jäger. Anakin suchte verzweifelt einen Ort, an dem sie sich verstecken konnten. Dann sah er das Kommandoschiff der Handelsföderation vor ihnen im Raum schweben.

Oh, großartig. Das ist genau, was wir jetzt brauchen … Moment mal … es ist wirklich genau, was wir brauchen! „Bleibt an meiner Seite", sagte er zu Obi-Wan. „Das Kommandoschiff des Generals liegt genau vor uns."

Mehrere zufriedene Pfiffe von R2-D2 verkündeten, dass der letzte Buzz-Droide ausgeschaltet war. Der Rauch vor Obi-Wans Jäger begann sich zu lichten. Einen Augenblick später beschwerte sich Obi-Wan. „Anakin, wir werden kollidieren!"

Anakin lächelte. Manchmal war sein ehemaliger Meister so durchschaubar. „Genau darum geht es. Auf zum Hangar."

Das Kommandoschiff lauerte vor ihnen im Weltraum. „Ist dir aufgefallen, dass die Schilde hochgefahren sind?", fragte Obi-Wan.

Uuuups! „Tut mir Leid, Meister." Anakin flog schnell voraus, um den Schildgenerator auszuschalten, bevor Obi-Wans rapide zerfallender Jäger gegen den Schild raste. Einen Augenblick später flogen die beiden Jedi-Interceptoren in den Hangar des Kommandoschiffs hinein. Hinter ihnen schlossen sich die riesigen, schweren Schotte. Obi-Wans Schiff schlug am anderen Ende des Hangars auf, als aus allen Richtungen Kampf-Droiden herbeirannten.

Kapitel 2

Kaum hatte sein Raumjäger auf dem Hangardeck aufgeschlagen, da hatte Obi-Wan bereits sein Lichtschwert gezündet. Er schnitt in einer fließenden Bewegung ein Loch in das Dach des Cockpits und sprang hinaus. Sekunden später explodierte das zerstörte Schiff.

Kampf-Droiden schossen auf Obi-Wan, als er landete, doch er lenkte die Laserblitze zurück auf die Maschinen. Er spürte mehr als das er sah, wie Anakin landete und zu ihm lief. Gemeinsam räumten sie das Hangardeck von Droiden frei.

Als der letzte Kampf-Droide zu Boden sackte, deaktivierte Obi-Wan sein Lichtschwert und warf seinem ehemaligen Padawan einen Blick zu. Er wusste, dass er Anakin für das risikoreiche Manöver während der Schlacht mit den Buzz-Droiden zurechtweisen sollte. Er hatte ihre Mission aufs Spiel gesetzt – und das Leben des Kanzlers – wegen seiner persönlichen Gefühle. Doch wäre Anakin diese Risiken nicht eingegangen, so wäre Obi-Wan jetzt höchstwahrscheinlich tot. Obi-Wan runzelte die Stirn. *Er muss noch immer viel lernen*, dachte er. *Aber das muss ich auch.*

R2-D2 rollte zu ihnen. „Zapf die Schiffscomputer an", sagte Anakin zu dem Droiden. R2-D2 piepte und rollte zu einem Wandanschluss. Bald wussten sie, wo sich der Kanzler aufhielt – in den eleganten Räumen in der Spitze des Schiffsturms.

Anakin zog die Augenbrauen zusammen. „Ich spüre Count Dooku."

Das überrascht mich nicht, dachte Obi-Wan. Der abtrünnige Jedi hatte sie beide auf Geonosis geschlagen. Ihm hatte Anakin zu verdanken, dass seine rechte Hand jetzt nur noch ein mechanisches Skelett anstatt ein Körperteil aus Fleisch und Blut war. Nur die rechtzeitige Ankunft von Meister Yoda hatte ihnen das Leben gerettet. Wer außer Dooku würde die Separatisten auf einer solch wichtigen Mission anführen? Und dieses Mal war Meister Yoda anderswo beschäftigt. „Ich spüre eine Falle."

„Und was jetzt?", fragte Anakin mit einem Blick zu Obi-Wan.

Obi-Wan lächelte. „Die Falle zuschnappen lassen."

Anakin grinste und nickte. Sie ließen R2-D2 im Hangar zurück und gingen tiefer in das Schiff hinein. Ein paar Mal wurden sie von Kampf-Droiden aufgehalten, die es mit den Jedi allerdings nicht aufnehmen konnten. So erreichten sie schon nach kurzer Zeit den Aufzug zu den Gemächern des Generals. Als sich die Türen öffneten, sah sich Obi-Wan vorsichtig um, doch es war nirgendwo eine Spur von Droiden zu sehen. Und doch war hier irgendetwas nicht in Ordnung. Und es war noch jemand anderes zugegen. „Er ist in der Nähe", sagte Obi-Wan zu Anakin.

„Der Kanzler?"

„Count Dooku."

Die beiden Jedi traten vorsichtig aus dem Aufzug in die Räumlichkeiten des Generals. Der Hauptraum war riesig, aber bis auf einen Stuhl am anderen Ende leer. An den Stuhl war der Oberste Kanzler Palpatine gefesselt.

Er scheint unverletzt zu sein, dachte Obi-Wan, als sie weitergingen. *Aber er ist nicht glücklich. Na ja, wer wäre das schon unter diesen Umständen?*

„Ist alles in Ordnung?", fragte Anakin, als sie zum Kanzler traten.

„Anakin", sagte Palpatine leise. „Droiden." Er machte eine kleine Geste mit den Fingern – das war alles, was er mit seinen Fesseln zustande brachte.

Anakin und Obi-Wan drehten sich gleichzeitig um. Vier Super-Kampf-Droiden waren hinter ihnen hereingekommen. Anakin lächelte. „Keine Sorge, Kanzler. Droiden sind kein Problem."

Nicht übermütig werden, junger Padawan, hätte Obi-Wan beinahe gesagt, doch er konnte Anakin nicht vor dem Kanzler zurechtweisen. Vor allem deshalb nicht, weil es Anakin für den Kampf nur noch mehr anstacheln würde. Und da war ja immer noch …

Obi-Wan konnte den Gedanken nicht zu Ende denken, denn er spürte, wie sein Blick automatisch nach oben gezogen wurde.

Hochgewachsen, elegant und voller Anmut trat Count Dooku auf den Balkon. Sein Gesicht zeigte das gleiche leicht amüsierte Lächeln, an das sich Obi-Wan noch so lebhaft von der letzten Begegnung erinnern konnte.

„Dieses Mal gehen wir gemeinsam vor", sagte Obi-Wan leise zu Anakin. Er hoffte, dass sich sein ehemaliger Padawan es nicht anders überlegte. Sie durften sich keine Niederlage erlauben.

Zu seiner Überraschung deutete Anakin ein Nicken an. „Ich wollte es grade sagen."

Vielleicht hat er doch mehr gelernt, als ich dachte. Obi-Wan verlagerte seinen Schwerpunkt und wartete darauf, was als Nächstes passierte.

„Holt Hilfe!", drängte Palpatine von hinten. „Ihr könnt es nicht mit ihm aufnehmen. Er ist ein Sith-Lord."

Und woher, Kanzler, glaubt Ihr, sollten wir Hilfe holen? Obi-Wan lächelte Palpatine aufmunternd an. „Oberster Kanzler, Sith-Lords sind unsere Spezialität."

Als Obi-Wan und Anakin ihre Lichtschwerter zündeten, sprang Count Dooku von dem Balkon herunter. Er landete leichtfüßig, und Obi-Wan konnte die Aura der Dunklen Seite um ihn herum spüren. „Eure Schwerter bitte, Jedi-Meister. Lasst uns aus dieser Sache vor dem Kanzler kein Gemetzel machen."

Obi-Wan und Anakin ignorierten ihn. Sie schoben sich mit erhobenen Lichtschwertern näher an ihren Gegner heran. Als Dookus Hand zu seinem eigenen Lichtschwert wanderte, griffen sie an. Dooku lächelte sie spöttisch an. „Verlasst Euch nicht darauf, dass Ihr im Vorteil seid, nur weil Ihr zu zweit seid", sagte er.

Count Dooku hatte seinen Ruf als Meister des alten Lichtschwert-Kampfstils wahrhaft verdient. Obwohl Anakin und Obi-Wan gleichzeitig auf ihn eindrangen, schien er vollkommen entspannt zu sein. Die Jedi wandten jeden Trick an, den sie kannten; sie sprangen weg und schlugen unerwartet aus unterschiedlichen Richtungen zu. Doch Dooku wehrte alle Hiebe mit Leichtigkeit ab. *Wenigstens hat er genauso wenig Chancen, uns zu treffen, wie wir ihn,* dachte Obi-Wan. *Das ist im Vergleich zum letzten Zusammentreffen doch ein riesiger Fortschritt.*

Anakin schien genau dasselbe zu denken. „Meine Fähigkeiten haben sich seit unserem letzten Treffen verdoppelt, Count Dooku", sagte er in einer kurzen Pause des wilden Gefechts und lächelte Dooku an.

Nicht, Anakin, dachte Obi-Wan. *Stachel ihn nicht an.* Hass war für die Dunkle Seite nichts als Nahrung. Sie konnten es nicht brauchen, dass Dookus Kräfte noch größer wurden, als sie es ohnehin schon waren.

„Gut", sagte Dooku leise. „Hochmut kommt vor dem Fall. Darauf habe ich mich gefreut, Skywalker."

Obwohl Dooku so selbstsicher klang, drängten die beiden Jedi ihn Stück für Stück zurück. Als die Super-Droiden sich ihnen in den Weg stellten, schlugen sie sie nieder. Irgendwann erreichten sie die Treppe zum Balkon. Als Dooku die ersten Stufen nahm, zog sich Obi-Wan aus dem Kampf zurück und lief zur zweiten Treppe, um ihn von hinten anzugreifen. Auf dem Weg nach oben mähte er zwei der Super-Kampf-Droiden nieder.

Er kann nicht in zwei Richtungen gleichzeitig kämpfen, dachte Obi-Wan, als er hinter Dooku ankam. *Wenn wir ihn nur …*

Count Dooku drehte sich halb um und erhob eine Hand. Obi-Wan wurde von einer Welle dunkler Kräfte von den Füßen gerissen. Die Luft wurde ihm aus den Lungen gepresst. Er griff nach der Macht, um sich gegen Dooku zur Wehr zu setzen, doch der Angriff war zu plötzlich gekommen. Er sah, wie Dooku sich umdrehte und Anakin mit voller Wucht einen Tritt versetzte. Anakin fiel hin, und Obi-Wan wurde von Dooku mit Hilfe der Macht über das Geländer des Balkons geschleudert.

Obi-Wan schlug hart auf und blieb halb betäubt liegen. Wie aus der Ferne spürte er ein Aufbäumen der Dunklen Seite, und dann stürzte ein großes Stück des Balkons auf ihn herab.

Jetzt liegt alles an dir, Anakin. Das war sein letzter Gedanke, bevor er das Bewusstsein verlor.

Als der Balkon über Obi-Wan zusammenbrach, machte Anakin einen Satz auf Dooku zu, beförderte ihn mit einem Tritt über das Geländer und sprang hinterher. Er wollte zu dem Trümmerhaufen laufen, unter dem Obi-Wan begraben war, doch er wusste, dass er das nicht tun konnte. *Es liegt jetzt alles an mir. Ich darf Dooku nicht einmal die kleinste Gelegenheit bieten.* Er versuchte, sich auf Dooku zu konzentrieren, doch seine Angst um Obi-Wan war nur schwer zu ignorieren.

Dooku lächelte und gab Anakins Gedanken wieder. „Ich spüre große Angst in dir, Skywalker." Er schüttelte den Kopf, so als wäre Anakin ein besonders begriffsstutziger Schüler. „Du bist stark und du trägst Hass in dir – aber du benutzt ihn nicht."

Und das werde ich auch nicht tun, dachte Anakin. *Das wäre der Weg zur Dunklen Seite.* Er verdrängte seine Angst und versuchte, den Balkon zu vergessen, der Obi-Wan zu zerquetschen drohte. Und die angespannte Miene des Kanzlers, der den Kampf, der sein Schicksal entscheiden würde, beobachtete. Anakin konzentrierte sich auf den Kampf – und nur auf den Kampf.

Sämtliche Super-Kampf-Droiden lagen am Boden. Nur noch Anakin und Dooku waren übrig. Sie kämpften sich an der gesamten Längsseite des Raumes entlang, ohne dass einer von ihnen einen Vorteil erlangen konnte. *Er ist alt*, dachte Anakin. *Vielleicht kann ich einfach weiterkämpfen*, bis er erschöpft ist. Doch die Dunkle Seite der Macht erfüllte die Luft um ihn herum und versagte ihm diese Möglichkeit. Die Dunkle Seite würde Dooku so lange kämpfen lassen, wie es sein musste. *Was soll ich tun? Ich* muss *ihn schlagen, sonst sterben der Kanzler und Obi-Wan. Ganz zu schweigen von mir …*

Er hörte, dass Palpatine etwas hinter ihm schrie. Der Kanzler versuchte, sich über das Krachen und Summen der Lichtschwerter verständlich zu machen. „Nutze deine Aggressionsgefühle, Anakin! Nutze deinen Hass! Konzentriere ihn auf deinen Gegner, sonst hast du keine Chance!"

Anakin war erstaunt. Der Kanzler war kein Jedi. Er konnte nichts über die Gefahren der Dunklen Seite wissen. Er machte sich nur Gedanken darüber, wie er lebend aus dieser Lage herauskam. *Und nur ich kann das für ihn tun*, dachte Anakin. Konnte er die Dunkle Seite dieses eine Mal riskieren, um Obi-Wan und den Kanzler zu retten? Er sah Dooku an und gab sich den Gefühlen hin, die er immer so gut unter Kontrolle gehabt hatte.

Wut durchfloss ihn. Dies war der Mann, der ihn so herablassend behandelt hatte, der Palpatine entführt und Obi-Wan beinahe getötet hatte; der Mann, der Padmé hatte umbringen wollen; der Mann, der Anakin die Hand abgehackt hatte. Anakin benutzte seinen Hass, so wie er normalerweise die Macht benutzte, und ließ sie sein Lichtschwert führen. Er bewegte sich schneller und schneller, bis schließlich sein Lichtschwert in einem Hieb herabsauste und Count Dooku die Hände abtrennte.

Anakin beugte sich nach vorn und fing Dookus Lichtschwert mitten aus der Luft auf. Zorn pulsierte noch in seinen Adern. Er setzte beide Lichtschwerter an Dookus Hals an und stand keuchend über ihm. Er konnte sich kaum noch im Zaum halten.

„Gut, Anakin, *gut*", sagte Palpatine. Er lächelte erleichtert. „Ich wusste, dass du es schaffst." Anakin spürte, wie er sich beim sanften Klang der vertrauten Stimme entspannte. Dann sagte Palpatine: „Töte ihn. Töte ihn jetzt!"

Anakin sah den Kanzler erschrocken an. Dooku schien genauso bestürzt zu sein.

„Erledige ihn, Anakin", wiederholte Palpatine.

Anakin schluckte schwer und kämpfte gegen den Zorn an, der noch immer in ihm tobte. „Das kann ich nicht ..."

„Tu es!", stieß der Kanzler hervor.

Dooku versuchte zu sprechen, doch Anakins Hände bewegten sich bereits. Die Lichtschwerter fanden sofort ihren Weg durch Dookus Hals.

Anakin sah erschrocken auf den enthaupteten Körper. *Ich konnte mich nicht zurückhalten. Ich konnte mich nicht ...* Er deaktivierte die Lichtschwerter und fragte sich, was Dooku wohl hatte sagen wollen.

„Du hast das Richtige getan, Anakin", sagte Palpatine. „Er war zu gefährlich, um ihn am Leben zu lassen."

„Er war ein wehrloser Gefangener", gab Anakin voller Bitterkeit zurück. Er sah Palpatine vorwurfsvoll an, als ihm klar wurde, dass der Kanzler noch immer an den Stuhl des Generals gefesselt war. Er ließ die Macht fließen und deaktivierte die Energiefesseln. Natürlich konnte der Kanzler es nicht verstehen, sagte er sich. Palpatine war kein Jedi. Außerdem war er gefesselt gewesen, und für ihn musste es den Anschein gehabt haben, dass der einzige Weg in die Freiheit Dookus Tod durch Anakins Hand war. Und doch versuchte Anakin, es zu erklären. „Ich hätte das nicht tun dürfen, Kanzler. Das ist nicht der Weg der Jedi."

Palpatine stand auf und rieb sich die Handgelenke. „Das ist doch nur normal. Er schnitt dir den Arm ab und du wolltest Rache. Das war nicht das erste Mal, Anakin."

Anakin schüttelte den Kopf. Er wusste, was Palpatine meinte. Als die Sandleute seine Mutter getötet hatten, hatte er sie alle massakriert – Männer, Frauen und Kinder. Manchmal träumte er noch immer von den Kindern. Palpatine und Padmé waren die Einzigen, die von seiner Rache wussten. Padmé war über Anakins Schmerz ebenso entsetzt gewesen wie über das, was er getan hatte. Palpatine hingegen hatte das Massaker lediglich als ‚bedauerlich' abgetan. Doch keiner von den beiden verstand wirklich, wie ein Jedi darüber dachte. Und einem anderen Jedi konnte Anakin nichts davon erzählen, nicht einmal Obi-Wan. *Vor allem* nicht Obi-Wan.

Der Kanzler nickte, so als hätte er Anakins Gedanken gelesen. Doch er sagte nur: „Wir müssen jetzt gehen."

Da begann sich wie zur Bestärkung dieser Worte der Boden zu neigen, als die Schwerkraftgeneratoren des Schiffes auszufallen begannen. Anakin rannte zu dem herabgestürzten Balkon, unter dem Obi-Wan begraben lag. Mit Hilfe der Macht schleuderte er den Metallhaufen zur Seite und kniete sich hin, um nach seinem Freund zu sehen. *Keine gebrochenen Knochen, Atmung in Ordnung.* Anakin seufzte erleichtert.

„Dafür ist keine Zeit!", rief Palpatine drängend von den Stufen zum Aufzug herüber. „Lass ihn hier, sonst schaffen wir es niemals."

„Sein Schicksal wird auch unseres sein", sagte Anakin leise. Er würde niemals wieder jemanden verlieren, den er liebte, so wie er seine Mutter verloren hatte. Er beugte sich nach vorn und nahm Obi-Wans leblosen Körper auf die Schulter. Er schwankte unter der Last, fand aber schnell das Gleichgewicht wieder und lief entschlossen auf den Aufzug zu.

Kapitel 3

Obi-Wan kam langsam wieder zu Bewusstsein. Er fühlte sich, als hätte man ihm am ganzen Körper Faustschläge versetzt. Sein Schädel pochte noch immer. Und irgendetwas grub sich in seinen Magen. Er öffnete vorsichtig die Augen und sah einen verzerrten Kanzler Palpatine, der durch irgendeine Art Schirm hindurch die Hand nach ihm ausstreckte. Hinter dem Kanzler war alles schwarz.

Obi-Wan blinzelte. Palpatine griff nicht zu ihm hinunter. Er befand sich *unter* Obi-Wan und hielt sich an etwas fest. Die Dunkelheit rührte von einer Art dunklem Schacht her. *Ich habe ein ganz mieses Gefühl bei dieser Sache*, dachte Obi-Wan. „Habe ich irgendetwas verpasst?"

„Haltet Euch fest", sagte Anakins gedämpfte Stimme hinter ihm. „Wir stecken in einer etwas brenzligen Situation."

Ah. Das Ding, das sich in Obi-Wans Magengrube bohrte, war also Anakins Schulter und der Kanzler hing an Anakins Fußgelenk. Obi-Wan nickte Palpatine freundlich zu. „Hallo Kanzler. Alles in Ordnung?"

Palpatine warf einen Blick in die Leere unter ihm. „Ich hoffe es."

Obi-Wans Kopf wurde langsam immer klarer. „Wo ist Count Dooku?"

„Tot", sagte Anakin knapp und in einem Tonfall, der bedeutete, dass er nicht darüber sprechen wollte.

„Ein Jammer", sagte Obi-Wan. „Lebendig hätte er uns von Nutzen sein können."

„Das Schiff bricht auseinander", sagte Anakin entnervt. „Könnten wir das später besprechen?"

Ganz schön empfindlich. Doch Anakin hatte ihm erneut das Leben gerettet *und* er hatte den Kanzler ohne Hilfe befreit. Man musste ihm ein wenig Empfindlichkeit zugestehen. Obi-Wan sah in das anscheinend bodenlose Loch hinunter.

Da wechselte plötzlich die Schwerkraft ihre Richtung und sie hingen über einem steilen Gefälle, anstatt über einem endlos tiefen Loch. Obi-Wan hörte von irgendwo oben ein metallisches Geräusch. Als er den Kopf hob, sah er, dass etwas auf sie zu kam. Die Decke? „Was ist das?"

„Artoo", gab Anakin zurück. „Ich bat ihn, den Aufzug zu aktivieren."

„Oh." Sie befanden sich also in einem Aufzugsschacht. War Anakin des Wartens müde geworden? *Ich glaube, ich möchte nicht genau wissen, wie wir in diese Situation hineingeraten sind,* beschloss Obi-Wan. *Ich bin froh, wenn wir wieder herauskommen.*

Anakin rief etwas in seinen Comlink. Er gab R2-D2 die Anweisung, den Aufzug anzuhalten. „Zu spät!", rief Obi-Wan. „Springt!"

Sie sprangen. Mehrere Stockwerke tiefer schlugen sie gegen die Seitenwand des Schachtes und rutschten daran hinunter, vor dem schnell näher kommenden Aufzug her. Die Schwerkraft verschob sich immer weiter, bis der Schacht schließlich aus ihrer Sicht in der Horizontalen lag. Sie rutschten immer langsamer, je flacher das ‚Gefälle' wurde. Leider blieb aber der Aufzug nicht stehen.

„Halte den Aufzug an, Artoo!" schrie Anakin in den Comlink, als sie sich wieder auf die Beine rappelten.

Der Aufzug blieb stehen. Doch nur einen Augenblick, dann fuhr er mit einem furchtbaren Kratzgeräusch weiter. Die drei Männer rannten den Schacht entlang, wobei sie es nur knapp schafften, sich vor dem Aufzug zu halten. *Die Steuerverkabelung muss beschädigt sein*, dachte Obi-Wan.

Der Aufzug wurde schneller. Anakin schrie wieder in den Comlink, doch Obi-Wan verstand die Worte nicht. Dann stolperte Palpatine. Obi-Wan packte ihn am Arm und zog ihn weiter. *Er kann nicht Schritt halten*, dachte Obi-Wan. *Los, Anakin! Lass dir etwas einfallen!*

Da öffneten sich plötzlich alle Türen des Aufzugsschachts und Obi-Wan, Anakin und Palpatine fielen in den Korridor darunter – nur knapp, bevor der führerlose Aufzug sie überrollt hätte.

Sie lehnten sich gegen die Wand und versuchten, wieder zu Atem zu kommen. *Es gibt nichts Besseres als einen knackigen Sprint, um die Spinnweben aus dem Kopf zu bekommen.* Irgendwann richtete Obi-Wan sich auf. „Lasst uns sehen, ob wir in dem Hangar irgendetwas Flugtaugliches finden", sagte er. „Los."

Die Schwerkraft schien in diesem Teil des Schiffes noch normal zu funktionieren – die Korridore verliefen alle horizontal, so wie es sein sollte. Als sie weiterrannten, fiel schlagartig ein Vorhang aus blauem Licht vor ihnen herunter. Obi-Wan bremste aus vollem Lauf ab und breitete die Arme aus, um Palpatine abzufangen. Hinter ihnen und zu beiden Seiten erschienen noch mehr der Strahlenschilde und sperrten sie ein.

„Wie konnte *das* passieren?“, sagte Obi-Wan missmutig. „Wir sind zu schlau für so etwas.“

„Offensichtlich nicht, Meister“, sagte Anakin. „Das ist die älteste Falle überhaupt.“ Obi-Wan sah ihn mit einem stechenden Blick an, und Anakin zuckte mit den Schultern. „Na ja, Ihr seid der Anführer. Ich war abgelenkt.“

„Oh, jetzt ist es also plötzlich meine Schuld?“

„Ihr seid der Meister“, sagte Anakin. „Ich bin nur ein Held.“

Obi-Wan schnaubte. „Ich bin offen für Vorschläge.“

Kanzler Palpatine räusperte sich hinter den beiden Jedi. „Weshalb lassen wir uns nicht zu General Grievous bringen? Vielleicht können wir, nachdem Count Dooku tot ist, unsere Freilassung aushandeln.“

Obi-Wan warf Anakin einen Blick zu und sah vollkommene Ungläubigkeit in dessen Gesicht. Er wusste, dass er selbst genauso dreinsah. *General Grievous? Verhandeln? Wenn es auf Tatooine schneit, vielleicht …*

„Ich sage nur … Geduld“, erklärte Anakin nach einem Augenblick.

„Geduld?“ Obi-Wan starrte seinen ehemaligen Schüler an. „Ist das dein Plan?“

„In wenigen Augenblicken werden ein paar Droiden kommen und den Strahlenschild ausschalten“, erklärte Anakin. „Und wir werden sie auslöschen. Sicherheitspatrouillen bestehen immer aus diesen nutzlosen dünnen Kampf-Droiden.“

Wie zum Beweis für Anakins Worte erschienen zwei Kampf-Droiden. „Übergebt uns Eure Waffen“, sagte einer von ihnen mit mechanisch-monotoner Stimme.

„Seht Ihr?“, sagte Anakin. „Kein Problem.“

Da öffnete sich hinter den Kampf-Droiden ein großes Tor

und gab den Blick auf eine Reihe von Zerstörer-Droiden frei. Obi-Wan sah sich um. Auf der anderen Seite des Korridors waren noch mehr der Maschinen aufgetaucht. Und hinter den Zerstörern bauten sich Super-Kampf-Droiden auf, womit die Jedi komplett umstellt waren. Obi-Wan schüttelte den Kopf. Anakin und er konnten sich *vielleicht* einen Weg durch diese überlegene Streitmacht kämpfen, doch sie konnten nicht auch noch gleichzeitig den Kanzler beschützen. Da rollte R2-D2 aus einem angrenzenden Korridor und blieb quietschend stehen.

„Also", sagte Obi-Wan zu Anakin, „wie lautet Plan B?"

Anakin schaute von den Droiden zu Kanzler Palpatine und zurück. „Ich glaube, Kanzler Palpatines Vorschlag klingt ziemlich gut."

Das ist keine gute Idee, dachte Obi-Wan, als er sich von den Droiden sein Lichtschwert abnehmen ließ.

Wesen von überall aus der Galaxis schworen, dass General Grievous nicht mehr Gefühle hatte als die Droiden, die ihm dienten. Er war auf Kalee zur Welt gekommen, und schon bevor er ein Cyborg – halb Kalee und halb Droide – geworden war, war er skrupellos gewesen. Und jetzt, so sagte man, empfand er gar nichts mehr.

Doch diese Wesen täuschten sich, wie Grievous fand. Es gab ein Gefühl, das Maschinen und lebende Wesen gemeinsam hatten. Es war das Gefühl, das er empfand, als Obi-Wan Kenobi und Anakin Skywalker in Energiefesseln auf seine Brücke geführt wurden: Zufriedenheit. Wäre die glatte Metallmaske, die ihm als Gesicht diente, dazu in der Lage gewesen, so hätte sie jetzt ein Lächeln gezeigt.

Die Wachen hatten natürlich auch den Kanzler mitgebracht,

und den kleinen blauen Astromech-Droiden. Er hatte ihnen befohlen, *alle* gefangenen Eindringlinge zur Brücke zu bringen, und Droiden nahmen ihre Anweisungen immer wörtlich. Der Astromech-Droide war unwichtig. Man konnte ihn einfach umprogrammieren, wenn sich das Schiff wieder in sicherem Separatisten-Territorium befand.

Eine der Wachen kam mit den Lichtschwertern der Jedi zu ihm. Grievous nahm sie mit seiner metallenen Klaue an sich und wog sie ab. Jeder Jedi schuf sein Lichtschwert selbst, und es waren nicht nur Waffen, sondern wahre Kunstwerke, die nur dem Konstrukteur selbst passten. Die genaue Betrachtung eines Lichtschwerts konnte einem viel über den Jedi verraten, der es geschaffen hatte. Doch dafür würde später noch Zeit sein.

Grievous wandte sich an seine Gefangenen und baute sich zu seiner vollen Größe auf. Er hatte seine Beine bei der letzten Überholung seiner metallenen Gliedmaßen extra verlängern lassen, damit er, wenn er sich komplett aufrichtete, die meisten anderen Wesen überragte. Er genoss es, auf sie herabzuschauen. Er genoss den Schrecken in ihren Augen, wenn sie sich fragten, welche furchtbaren Waffen sich wohl unter seinem langen Umhang verbargen. Und er genoss die Angst, die sie zeigten, wenn sie zu seinem ausdruckslosen Metallgesicht hoch sahen.

Die Jedi allerdings schienen unbeeindruckt zu sein. Doch das würde sich noch ändern. „Das war wohl keine sonderlich erfolgreiche Rettung", sagte Grievous. Die Jedi reagierten nicht. Wie auch immer. Er hatte eine Möglichkeit, die beiden auszuschalten. Sie hatte noch nie versagt. Er warf seinen Umhang nach hinten und gab den Blick auf die Lichtschwerter frei, die darin hingen. „Ich freue mich darauf, Eure Lichtschwerter meiner Sammlung hinzufügen zu können", sagte er. „Es sind seltene Trophäen."

Obi-Wan lächelte. „Ich glaube, Ihr habt etwas vergessen, Grievous. Ich bin hier derjenige, der die Oberhand hat."

War dieser Jedi übergeschnappt? Er war von feindlichen Droiden umstellt, seine Hände waren gefesselt und es gab niemanden, der zu seiner Rettung kommen konnte. Die Oberhand? Grievous starrte ihn mit seinem ausdruckslosen Gesicht an. „Ihr seid Euch selbst so sicher, Kenobi", schnurrte er. „Aber für Euch ist jetzt alles vorbei."

„Artoo, jetzt!", sagte Skywalker, und plötzlich quoll aus dem Astromech-Droiden dichter Rauch. Grievous drehte sich überrascht um, als ihm eine unsichtbare Hand eines der Lichtschwerter aus der Hand riss. Die Waffe flog auf Obi-Wan zu, und der Jedi fing sie hinter seinem Rücken auf. Einen Sekundenbruchteil später hatte er sie gezündet und seine Energiefesseln sauber entzwei geschnitten. Im nächsten Augenblick hatte er Anakin ebenfalls befreit.

Eine andere unsichtbare Hand entriss das zweite Lichtschwert mit einem metallischen Quietschen seinem Griff. Es war unglaublich. Die beiden Jedi waren frei. Sie standen Rücken an Rücken und lenkten mit ihren Lichtschwertern das Laserfeuer der Droiden ab. Selbst der nutzlose kleine Astromech-Droide hatte es mit einer Art Seilapparatur geschafft, einen der Super-Droiden niederzustrecken.

Grievous wich zurück und brachte seine Droiden-Wachen zwischen sich und das durch die Luft zuckende Laserfeuer. Dafür waren Leibwächter da. Ein paar der neimoidianischen Besatzungsmitglieder waren bereits von reflektierten Laserblitzen getroffen, und er hatte nicht vor, dasselbe Schicksal zu erleiden. Die Droiden sollten die Jedi erst einmal bis zur Erschöpfung beschäftigen.

Dann rief ihm einer der Piloten etwas über das Chaos hinweg zu. „Sir! Wir fallen aus dem Orbit! Alle Steuerzellen achtern sind tot!"

„Auf Kurs bleiben", sagte Grievous automatisch. Er wich einen weiteren Schritt zurück und überlegte wie wild. Konnten sie ohne die Achternzellen einen Sprung in den Hyperraum schaffen? Nein. Und wie schnell auch immer die Reparatur-Droiden etwas reparierten, die Raumjäger der Republik würden es wieder zerstören. Sie konnten es nicht ...

Das Schwerkraftfeld verlagerte sich wieder. Die Decke war plötzlich ‚unten'. „Magnetisieren!", rief einer der Piloten in das Intercom.

Ein paar der Kampf-Droiden reagierten rechtzeitig, um am Boden haften zu bleiben, doch die meisten flogen mit den Jedi an die Decke. Die Jedi allerdings, so musste Grievous voller Unwillen zur Kenntnis nehmen, hatten sich der neuen Situation sofort angepasst. Sie hatten die Umkehr der Schwerkraft sogar genutzt, um ein paar mehr der Droiden auszuschalten, die sich nicht schnell genug darauf eingestellt hatten.

„Das Schiff bricht auseinander!", schrie der neimoidianische Pilot.

Es passt zu einem Neimoidianer, dass er in Panik verfällt, dachte Grievous. *Nutzlose Wesen.* Doch es half nichts. Die Zeit lief ihnen davon. Es war sinnlos, hier zu bleiben, um den Kampf vielleicht noch zu gewinnen. Sollten die Jedi doch verbrennen, wenn das angeschlagene Schiff abstürzte.

Doch dann normalisierte sich die Schwerkraft ohne Vorwarnung wieder. Die Jedi landeten auf dem Boden und liefen sofort los. Da jetzt fast alle Droiden außer Gefecht waren, hatten sie es auf ihn abgesehen. *Zu spät.* Grievous drehte sich um und warf seinen Energiestab nach oben. Der traf einen Augenblick später die Sichtscheibe und durchschlug das harte, durchsichtige Material. Als die Jedi sich Grievous wieder näherten, sprang er mit aller Kraft, die seine mechanischen Beine aufbringen konnten.

Die getroffene Sichtscheibe zerbarst und entließ schlagartig die Luft nach draußen. Grievous ließ sich einfach aus der Brücke saugen, zusammen mit all den Droiden-Trümmern, Maschinenteilen und toten Besatzungsmitgliedern. Er konnte noch einen Blick auf die Jedi und den Kanzler der Republik erhaschen, der sich an einer Kontrollkonsole festhielt, dann war er draußen.

Als er vom Schiff weggetrieben wurde, streckte er den Arm in Richtung der Hülle aus und aktivierte den eingebauten Seilkatapult. Der Anker traf ins Ziel und blieb an der Schiffshülle haften. Grievous ließ das Seil abrollen, bis sich der automatische Schutzschild über der zerbrochenen Sichtscheibe geschlossen hatte und der tosende Luftstrom aus dem Schiffsinnern abgerissen war. Dann zog er sich zur Hülle, wo er mit seinen metallischen Füßen Halt fand.

Es war wirklich nützlich, einen überwiegend aus Droiden-Teilen bestehenden Körper zu haben, dachte Grievous, als er über die Oberfläche des Kampfschiffes kroch. Ein normales Wesen brauchte Luft zum Atmen, würde im Vakuum des Raumes Schaden erleiden, würde eine spezielle Ausrüstung benötigen, um sich an der Schiffshülle festhalten zu können. Für Grievous war nichts davon ein Problem.

Er erreichte eine Luke und öffnete sie. Seine Berechnungen hatten gestimmt: Er war in einer der Startbuchten für Fluchtkapseln herausgekommen. Er ging auf eine der Kapseln zu, doch dann zögerte er. Weshalb sollte er den Jedi die Sache nicht noch etwas erschweren? Er ging zu einem Kontrollfeld und begann, Schalter umzulegen. Die Fluchtkapseln wurden abgeschossen, eine Reihe nach der anderen.

Am Schluss war nur noch eine Kapsel übrig. *So,* dachte Grievous. *Mal sehen, wie sie da rauskommen!* Er stieg in die letzte Fluchtkapsel und flog von den Resten seines Kommandoschiffs davon. Es gab genügend Separatisten-Schiffe in der Nähe, die ihn aufnehmen konnten, und die Klonjäger waren zu sehr mit seinen Droiden beschäftigt, als dass sie sich um eine unbewaffnete Fluchtkapsel hätten kümmern können. Er war entkommen.

Und mit etwas Glück konnte er dieses Fiasko Count Dooku in die Schuhe schieben, der nicht mehr zurückkommen konnte, um seine eigene Version der Geschichte zu erzählen. Ja, so würde er es machen. Der Droiden-General steuerte das nächste Kampfschiff an, als er seinen Plan schmiedete.

Kapitel 4

Anakin spürte, wie das Schiff erbebte, als er mit Obi-Wan die letzten Droiden niederkämpfte. Alarmsirenen heulten auf. „Die Hülle verglüht!“, schrie Palpatine.

Anakin warf einen Blick aus dem verbliebenen Sichtfenster und sah, wie Funken von der Schnauze des Schiffes davonflogen. Er sah noch die Schwärze des Weltraums und die Sterne, sie befanden sich also noch nicht in der Atmosphäre. Doch wenn das Schiff schon so heiß war ... Er ging zum Sitz des Navigators, um die Anzeigen anzusehen.

„Alle Fluchtkapseln wurden abgeschossen“, sagte Anakin, als Obi-Wan zu ihm kam. *Das ist bestimmt Grievous' Werk. Wären wir ein klein wenig schneller gewesen, hätten wir ihn jetzt!*

Obi-Wan warf einen Blick auf die Instrumente und dann auf die Steuerung. „Du bist der beste Pilot hier, Anakin“, sagte er in einem unbeschwerten Tonfall. „Weißt du, wie man diesen Typ von Kreuzer fliegt?“

Obi-Wan bittet *mich darum, zu fliegen? Er muss sich ernsthafte Sorgen machen!* Aber ihnen blieb ohnehin keine andere Wahl. Anakin antwortete im gleichen Tonfall, wies aber auf die Gefahren hin, die die Lage barg. „Ihr meint, ob ich weiß, wie man das, was von dem Kreuzer übrig ist, *landen* kann.“

Obi-Wan nickte. Anakin setzte sich in den Pilotensitz – zumindest war die Anordnung der Sitzpositionen auf der Brücke bei Schiffen der Republik und der Separatisten mehr oder weniger dieselbe – und schaute die Bildschirme an. Er kam gerade rechtzeitig, um zu sehen, wie ein großes Stück des Schiffes wegbrach.

„Und?", fragte Obi-Wan, als das Schiff zitterte und bebte.

„Ich würde sagen, dass die Fähigkeit, dieses Schiff fliegen zu können, unter den gegebenen Umständen irrelevant ist", gab Anakin zurück. „Schnallt Euch an."

Er bekam am Rande mit, dass Obi-Wan und der Kanzler seinen Anweisungen Folge leisteten und R2-D2 eine Position an der Hilfssteuerung einnahm. Doch Anakins Finger beschäftigten sich schon mit den ihm nicht vertrauten Steuerelementen. *Erstmal den Beschuss unterbinden. Dieser Schalter? Nein. Der da.* Er tippte schnell eine Nachricht an die Klontruppen der Republik ein: *General Kenobi und ich haben das Schiff übernommen. Der Kanzler ist in Sicherheit. Feuer einstellen.* Er signierte die Nachricht mit seinem Namen und dem Code, der sie als authentisch ausweisen würde. Dann schickte er sie ab.

Er verbannte die Raumjäger aus seinen Gedanken und konzentrierte sich darauf, das Schiff zu fliegen. Es war so, als würde er versuchen, einen großen Felsklotz zu fliegen. Der Kreuzer hatte keine Tragflächen, geschweige denn ein Fahrwerk. Die Triebwerke waren mit der hinteren Hälfte des Schiffes abgebrochen. Die wenigen Steuerdüsen waren zum größten Teil ausgefallen, und die paar betriebsbereiten waren so beschädigt, dass *alles* passieren konnte, wenn er sie zündete.

Und er hatte keine Zeit zum Experimentieren. Das Schiff hatte die äußere Atmosphäre erreicht, und die Luftreibung heizte die verbliebene Außenhülle auf. Die Brücke bebte und zitterte, als immer mehr Teile des Schiffes abfielen.

Obi-Wan las aus dem Sitz des Navigators ruhig Informationen über Hüllentemperatur, Höhe und Geschwindigkeit vor. Anakins Aufmerksamkeit galt zwar der Steuerung und nicht Obi-Wan, doch ein Teil von ihm nahm die Zahlen auf, verarbeitete und benutzte sie. Anakin flog – mit Glück, Instinkt und Gefühl.

Sie befanden sich jetzt schon ein gutes Stück in der Atmosphäre und bewegten sich viel zu schnell. Anakin öffnete sämtliche Luken und fuhr jedes Ruder aus, das noch funktionierte. So gelang es ihm, die Geschwindigkeit ein wenig zu verringern – um den Preis erhöhter Reibungshitze.

Einen Moment schien alles zu funktionieren. Doch dann durchfuhr das Schiff ein enormer Ruck, und die Geschwindigkeitsanzeige ging wieder nach oben. „Wir haben etwas verloren“, sagte Anakin.

„Alles hinter dem Hangar ist gerade abgebrochen“, berichtete Obi-Wan. „Keine Sorge, wir fliegen immer noch die Hälfte des Schiffes.“

Anakin warf einen Blick auf den Kanzler, der sich mit steinerner Miene an seinem Sitz festkrallte. *Er ist ein Politiker. Er ist so etwas nicht gewohnt.* Doch er hatte keine Zeit, dem Kanzler etwas zu erklären – nicht, wenn sie überleben wollten. „Ich werde uns um ein paar Grad kippen und sehen, ob ich uns so abbremsen kann.“

„Das Schiff überhitzt“, warnte Obi-Wan und las ein paar Zahlen vor.

Ich weiß, ich weiß. Anakin spielte mit den Fingern auf der Steuerkonsole, öffnete und schloss Luken, benutzte Steuertriebwerke als Bremsen, versuchte alles, um ihren Sturz aufzuhalten.

Obi-Wans stetiger Sprechgesang brach ab. „Löschboote. Beidseitig."

Anakin legte einen Schalter um, und sofort erfüllte die Stimme eines der Löschboot-Piloten die Brücke. „Folgt uns. Wir werden versuchen, das Feuer so großflächig wie möglich zu löschen."

Euch folgen? Wie denn? Doch dann erschienen Zahlen auf dem Comm-Display. Es waren Koordinaten. Sie hatten eine breite Landeplattform im Industriebereich von Coruscant freigemacht. *Stabil genug, um den Rest dieses löchrigen Eimers aufzuhalten und weit genug von den Wohngegenden entfernt, damit wir keine Gebäude in Brand setzen, wenn wir das Ziel verfehlen. Jemand hat mitgedacht.*

„Wie schnell sind wir?", fragte Anakin, und Obi-Wan begann wieder Zahlen vorzulesen.

Durch die rauchende Sichtscheibe konnte Anakin jetzt sehen, wie die ersten hoch aufragenden Gebäude von Coruscant unter ihnen vorbeirasten. *Zu nah. Wir sind zu früh zu tief.* R2-D2 piepte wie wild, und Anakin zeigte auf eines der Steuerelemente. „Halte uns gerade", sagte er zu dem Droiden und machte sich wieder daran, den Flug zu verlangsamen.

„Langsam", sagte Obi-Wan. „Fünftausend."

„Festhalten", erwiderte Anakin. „Jetzt könnte es etwas rau zugehen. Wir haben unsere Hitzeschilde verloren."

„Landebahn direkt vor uns", sagte Obi-Wan einen Augenblick später.

Zu tief, zu schnell, zu heiß ... zu spät. Das ist keine Landung, das ist ein kontrollierter Absturz. Halbwegs kontrolliert.

Und doch hatte jemand vorgesorgt, denn die Landeplattform war von Feuerlösch-Gleitern umgeben. *Wenn wir jetzt noch treffen …*

Das Schiff bebte. Anakin sah, wie einer der Lösch-Gleiter aus dem Weg schoss, kurz bevor sie auf der Landeplattform aufschlugen. Dann verdeckte eine dicke Schicht aus Feuerlösch-Schaum die Sicht. Einen Augenblick hatte er den furchtbaren Verdacht, dass sie noch immer zu schnell waren und am anderen Ende der Plattform in die Tiefe stürzen würden. Doch dann blieb das Schiff zitternd stehen.

„Los, lasst uns hier aussteigen", sagte Anakin, als er sich von dem Sitz abschnallte. Obi-Wan und der Kanzler taten es ihm nach, und schon bald verließen sie das Schiff in geduckter Haltung durch eine Ausstiegsluke. Eine Fähre wartete zwischen den Notfallschiffen, um sie zum Senat zurückzubringen.

Während sich das medizinische Personal an Bord der Fähre um den mitgenommenen Kanzler kümmerte, diskutierten Anakin und Obi-Wan über den letzten Teil der Mission.

„Diese ganze Unternehmung war Eure Idee", sagte Anakin zu Obi-Wan. „Ihr habt sie geplant. Dieses Mal müsst Ihr derjenige sein, der sich verneigt."

„Tut mir Leid, alter Freund", erwiderte Obi-Wan. „Du hast Count Dooku getötet." Anakin zuckte zusammen, doch Obi-Wan bemerkte es nicht. „Du hast den Kanzler gerettet und diesen rostigen Eimer sicher gelandet. Du …"

„Nur dank Eures Trainings, Meister", sagte Anakin voller Ernst. „Ihr habt all diese Reden verdient." *Und ich will sicher kein Lob dafür, wie ich Dooku getötet habe.*

„Diese endlosen Reden." Obi-Wan schüttelte den Kopf. „Anakin, lass uns der Wahrheit ins Gesicht sehen: Dieses Mal bist du der Held. Du bist an der Reihe, einen glorreichen Tag mit den Politikern zu verbringen."

Die Fähre erreichte die Landeplattform des Senats. Anakin konnte Meister Windu und ein Dutzend Senatoren sehen, die den Kanzler in Empfang nehmen und sich von dessen Wohlbefinden überzeugen wollten. Es war keine Zeit mehr für Diskussionen.

„Dann schuldet Ihr mir aber etwas", sagte Anakin. „Und nicht nur dafür, dass ich Euch zum zehnten Mal das Leben gerettet habe."

„Zum neunten Mal", korrigierte Obi-Wan ihn. „Der Zwischenfall auf Cato Neimoidia zählt nicht." Anakin verdrehte die Augen, und Obi-Wan lächelte. „Wir sehen uns bei der Besprechung."

Anakin konnte nicht anders, als das Lächeln erwidern. Es verschwand jedoch, als er dem Kanzler durch den Ausstieg der Fähre folgte. Dieses Mal war er kein Held, was auch immer Obi-Wan sagte. *Ein Held hätte nicht getan, was ich getan habe.*

Mace Windu kam auf den Kanzler zu und begrüßte ihn. Die beiden Männer tauschten ein paar Förmlichkeiten aus, bevor sich die Senatoren ebenfalls dazu gesellten und Palpatine zu seiner sicheren Rückkehr gratulierten.

Anakin beobachtete die Szenerie etwas verloren. Da hörte er hinter sich eine Reihe von Pieplauten. „So schlimm kann es doch nicht gewesen sein", sagte eine pingelige, strenge Stimme. „Übertreib nicht so!"

C-3PO! Wenn der Protokoll-Droide hier war, dann war Padmé sicher auch nicht weit. Anakin vergaß seine schlechte Stimmung und suchte in der Traube der Senatoren seine Frau.

Er sah sie nirgends. Als er einen Schritt nach vorn machte, wandten sich die Senatoren ab und verließen die Landeplattform in Richtung des Senatsgebäudes.

Senator Bail Organa von Alderaan sah Anakin und löste sich aus der Gruppe um Palpatine, um zu ihm zu kommen. Gemeinsam folgten sie den anderen.

„Der Senat kann Euch nicht genug danken“, sagte Bail zu Anakin. „Count Dookus Ende bedeutet sicher auch das Ende des Krieges und der drakonischen Sicherheitsmaßnahmen des Kanzlers.“

Anakin zuckte zusammen, doch nach den Worten des Senators fühlte er sich ein wenig besser. Er wusste, dass es nicht rechtens gewesen war, den wehrlosen Count Dooku zu töten, doch vielleicht war es gar nicht so furchtbar, wie es ihm jetzt erschien. Kanzler Palpatine schien der Meinung zu sein, dass es notwendig gewesen war, und wenn Bail Recht behielt und Dookus Tod den Krieg beendete, dann würden Millionen von Wesen leben, anstatt in endlosen Kämpfen zu sterben. Das wäre es wert gewesen. *Und ich werde den Jedi-Kodex nie wieder brechen,* schwor sich Anakin. Allein der Gedanke daran munterte ihn wieder auf.

Bail wartete geduldig auf Anakins Antwort. Der ließ sich die letzte Bemerkung des Senators schnell noch einmal durch den Kopf gehen. „Die Kämpfe werden weitergehen, bis General Grievous nur noch ein Haufen Ersatzteile ist“, sagte er dann. „Der Kanzler drückt sich unmissverständlich aus, was das betrifft.“

Bail runzelte die Stirn und wollte etwas erwidern, doch Anakin hörte ihm schon nicht mehr zu. Er spürte etwas in der Nähe. Etwas, das ihnen folgte. „Entschuldigt“, sagte er zu Bail und ging dann zu der Reihe gewaltiger Säulen, die den Gang säumten.

„Natürlich", sagte der Senator, als Anakin sich schon umgedreht hatte.

Als Senator Organa wieder zu Palpatine und den anderen Senatoren eilte, schlich Anakin in den Schatten hinter einer Säule. Er war sich ganz sicher ... ja! Er drehte sich um, und Padmé lief in seine Arme.

Anakin vergaß Dooku, Palpatine und alles andere. Als er Padmé an sich drückte und küsste, fühlte er sich wieder vollkommen. Ausgeglichen. Glücklich.

Als sie den Kuss schließlich lösten, sprach Padmé seine Gedanken aus. „Endlich bist du zurück. Ich bin wieder vollkommen."

Vollkommen. „Du hast mir gefehlt, Padmé. Du hast mir so sehr gefehlt."

Sie zitterte in seinen Armen. „Es gab Gerüchte, du wärest ums Leben gekommen. Ich habe in unerträglicher Angst gelebt." Sie hielt ihn fest, so als wollte sie sich versichern, dass er wirklich da war.

Anakin nahm sie bei den Schultern und schüttelte sie sanft. „Ich bin wieder da. Es geht mir *gut.*"

Padmé lächelte, und er zog sie wieder zu sich heran. Er wollte sie spüren. „Es kommt mir vor, als wären wir ein ganzes Leben lang getrennt gewesen", fuhr er fort. „Und es hätte sogar sein können. Wäre der Kanzler nicht entführt worden, hätten sie uns wahrscheinlich niemals von den Belagerungen im Outer Rim zurückgeholt." Er begann, sie wieder zu küssen, doch sie zog sich zurück.

„Warte", sagte sie. „Nicht hier."

„Doch, hier!", erwiderte Anakin und zog sie wieder zu sich heran. Sie hatte keine Ahnung, wie sehr er sie jetzt brauchte – ihre ruhige Art, ihre Liebe. Sie wusste nichts von Dooku. „Ich bin diesen Schwindel Leid. Es ist mir gleich, ob sie wissen, dass wir verheiratet sind."

„Anakin, sag so etwas nicht", schimpfte Padmé. „Du bist wichtig für die Republik und für das Ende dieses Krieges." Sie lächelte ihn beruhigend an, so als spürte sie seine Verzweiflung. „Ich liebe dich mehr als alles andere", sagte sie leise. „Aber ich lasse nicht zu, dass du dein Leben als Jedi für mich aufgibst."

„Ich habe mein Leben dem Jedi-Orden gegeben", sagte Anakin langsam. Er meinte jedes Wort ernst. „Aber nur für dich würde ich mein Leben aufgeben."

„Das würde mir nicht gefallen", sagte Padmé nachdenklich und lächelte ihn an. „Das würde mir ganz und gar nicht gefallen." Anakin wollte sie wieder an sich ziehen, doch sie wich ihm aus. „Geduld, mein gut aussehender Jedi. Komm später zu mir."

Sie machte wieder einen Schritt zur Seite, aber nicht schnell genug für Anakins Jedi-Reflexe. Er zog sie an sich und fragte sich, weshalb sie immer noch zitterte. „Alles in Ordnung?"

„Ich bin nur aufgeregt, weil ich dich sehe", sagte Padmé, doch ihre Stimme war etwas zu hoch, und sie wich seinem Blick aus.

„Das ist es nicht." Anakin tastete beunruhigt mit seinen Jedi-Sinnen nach ihr. „Ich spüre mehr. Was ist es? Was ist los?"

Zu seinem Schrecken begann Padmé zu weinen. „Du warst fünf Monate weg", sagte sie unter Tränen. „Das war sehr schwer für mich. Ich habe mich noch nie so allein gefühlt. Es gibt ..."

Anakin ertrug es nicht mehr länger. Es gab nur eines, wovon er sich vorstellen konnte, dass Padmé es ihm nicht sagen wollte. „Gibt es jemand anderen?"

Zu seiner Überraschung – und zu seiner Erleichterung – hörte Padmé auf zu weinen. „Nein!", sagte sie mit einer wütenden, unmissverständlichen Bestimmtheit. „Du vertraust mir noch immer nicht, dabei hat sich nichts verändert."

Doch es *hatte* sich etwas verändert. Er konnte es jetzt sogar noch deutlicher spüren. „Es ist nur … ich habe dich noch nie so gesehen."

„Es ist alles in Ordnung." Padmé wandte sich einen Moment ab und sah ihn dann wieder an. „Etwas Wunderbares ist geschehen." Sie zögerte, und Anakin dachte: *Etwas Wunderbares? Weshalb bist du dann so verängstigt? Weshalb weinst du?* Und dann holte sie tief Luft und fuhr fort. „Ich bin … Annie, ich bin schwanger."

Anakin merkte, wie ihm der Unterkiefer hinunterklappte. Von allen möglichen Gründen hatte er diesen als letzten erwartet. *Ein Baby? Wir bekommen ein Baby?*

Padmé sah ihn erwartungsvoll an, gespannt auf seine Reaktion. *Wir werden ein Baby haben,* dachte Anakin. „Das ist … wunderbar!"

Padmé schloss die Augen und lehnte sich an ihn. „Was sollen wir nur tun?"

Ein Wust unliebsamer Gedanken ging Anakin durch den Kopf. *Das* konnten sie niemals geheim halten. *Du bist wichtig für die Republik und für das Ende dieses Krieges*, hatte Padmé gesagt, doch wenn die Jedi herausfanden, dass er Padmé geheiratet hatte, würde er den Orden verlassen müssen. Wie konnte er dann der Republik noch helfen? Was würde Obi-

Wan sagen, wenn er erfuhr, dass sein Freund und Schüler ihn so lange angelogen hatte? Und was würde das für Padmé bedeuten?

Anakin wischte all diese Gedanken entschlossen beiseite. „Es wird alles gut werden", sagte er. „Wir werden uns jetzt keine Sorgen über irgendetwas machen." Er hielt inne und begann zu grinsen. *Wir bekommen ein Baby!* „Dies ist ein glücklicher Augenblick. Der glücklichste Augenblick meines Lebens!"

Kapitel 5

Als sich die neimoidianische Fähre auf Utapau herabsenkte, betrachtete Grievous die Gegend durch ein Sichtfenster. Die Oberfläche des Planeten war zerklüftet und karg und von großen Gruben übersät, in deren Wände die Bewohner ihre Städte bauten. Die Fähre sank in eine der größten und am tiefsten liegenden Grubenstädte. Am Rand des Loches ragte eine von Kampf- und Super-Kampf-Droiden umgebene Landeplattform hervor, auf der die Fähre sauber aufsetzte.

Als Grievous das Schiff verließ, kam einer der Droiden zu ihm. „Der Planet ist sicher, Sir", sagte die Maschine. „Die Bevölkerung ist unter Kontrolle."

Natürlich sind sie unter Kontrolle, dachte Grievous. *Dummes Ungeziefer.* Die Bewohner des Planeten interessierten ihn nicht. Er sollte sich hier mit dem Rat der Separatisten treffen.

Einer der Leibwächter kam heran. „Ihr habt eine Nachricht auf dem speziellen Kommunikationskanal", flüsterte er.

Alle Gedanken an den Rat waren wie weggewischt. Grievous ging schnell zum Hologramm-Bereich. Blaues Licht flimmerte über die Hologramm-Scheibe und bildete schnell das Bild einer vermummten Gestalt. Grievous verbeugte sich tief. Das war der *echte* Anführer der Separatisten, die wahre Kraft hinter dem Krieg. „Ja, Lord Sidious", sagte Grievous.

„Ich schlage vor, dass Ihr den Rat der Separatisten nach Mustafar verlegt", sagte die leise, kalte Stimme.

„Ja, Meister", gab Grievous zurück.

„Gut. Die Jedi werden alles daran setzen, Euch zu finden. Ich will nicht, dass sie Euren Aufenthaltsort kennen, bevor wir bereit sind."

Das hat wahrscheinlich zu bedeuten, dass es lange dauern wird, bis die Kämpfe weitergehen, dachte Grievous. Er verbarg seine Enttäuschung und sagte: „Bei allem Respekt, Meister, weshalb durfte ich den Kanzler nicht töten, als ich die Gelegenheit dazu hatte?"

„Die Zeit war noch nicht reif", gab Darth Sidious zurück. „Ihr müsst Geduld haben. Das Ende des Krieges ist nah, General, und ich versichere Euch, der Sieg ist uns sicher."

Grievous nickte. Doch bei all seinem Einfluss und bei all seiner Zuversicht war Darth Sidious kein Krieger. *Begreift er überhaupt, wie viel uns dieser nutzlose Feldzug auf Coruscant gekostet hat?* Er versuchte einen vorsichtigen Vorstoß. „Aber der Verlust von Count Dooku?"

Darth Sidious' Lächeln war unter der Kapuze kaum zu erkennen. „Der Tod von Lord Tyranus war ein notwendiges Übel", sagte er. „Ich werde bald einen neuen Schüler haben – einen, der jünger und viel mächtiger als Lord Tyranus ist."

Grievous, der jetzt etwas zuversichtlicher war, nickte. Doch als die Übertragung beendet war, starrte Grievous noch lange in die Luft an der Stelle, an der gerade noch Darth Sidious' Bild gestanden hatte. Sith-Lords waren verschlagen und hinterlistig. Er würde Darth Sidious' Zuversicht eher teilen, so dachte Grievous, wenn er dessen Pläne genauer kennen würde.

Padmé wachte plötzlich auf. Sie lag allein in dem großen Bett. Einen Augenblick blieb sie ruhig liegen und sammelte ihre Gedanken. Sie schlief schon seit Monaten nicht mehr gut – seitdem sie von ihrer Schwangerschaft wusste – doch jetzt war irgendetwas nicht in Ordnung. Es dauerte einen Moment, bis ihr klar wurde, was es war: Sie war allein.

„Anakin?"

Keine Antwort. Padmé stieg mit skeptischer Miene aus dem Bett, um nach ihrem Mann zu sehen.

Sie fand ihn auf dem Balkon, von wo er auf die Lichter von Coruscant hinabsah. Die bernsteinfarben leuchtenden Streifen waren heute Nacht fleckig. Schwarze, leere Stellen verrieten die Orte, an denen die Streitmacht der Separatisten Gebäude in die Luft gesprengt hatte. In manchen Gegenden verschleierte der Rauch von noch immer glühenden Trümmern die Lichter der Rettungsfahrzeuge, die Verschüttete bargen.

Padmé stellte sich neben Anakin. Er sah sie nicht an – nicht einmal, als sie seine Hand nahm. Sie sah, wie das Licht von seinen nassen Wangen reflektiert wurde. Er hatte geweint.

„Was beschwert dich?", fragte sie, obwohl sie es zu wissen glaubte.

„Nichts." Anakins Stimme war leise.

„Anakin", sagte Padmé sehr sanft. „Wie lange wird es dauern, bis wir ehrlich zueinander sind?"

Einen Augenblick dachte sie, er würde schweigen. „Es war ein Traum", sagte er schließlich. Er sprach langsam, so als würden die ausgesprochenen Worte etwas zur Wahrheit machen, was er lieber nicht glauben wollte.

Ein Traum? Das hatte sie nicht erwartet. „Ein schlimmer Traum?", fragte sie vorsichtig.

„So wie die Träume, die ich von meiner Mutter kurz vor ihrem Tod hatte."

Padmé hielt den Atem an. Anakin hatte wochenlang von dem Leid und dem Schmerz seiner Mutter geträumt. Die Träume hatten ihn schließlich dazu getrieben, zu ihr zu gehen – gegen den Rat und die Anweisungen der Jedi. Doch er war zu spät gekommen. Und er hatte es sich niemals verziehen. Manchmal dachte Padmé, er hätte es auch dem Jedi-Orden niemals verziehen. Sie sah ihn an und glaubte plötzlich nicht mehr, dass die Erinnerung an sein Versagen das war, was ihn jetzt quälte. „Und?", fragte sie ihn.

Anakin schluckte. „Ich habe von dir geträumt."

Von mir? Padmé spürte eisige Kälte, und ihre Hand wanderte zu der Halskette, die sie immer trug. Sie war mit einem geschnitzten Stück Japor versehen. Anakin hatte sie ihr gegeben, um ihr „immer Glück zu bringen", als er neun und sie vierzehn gewesen war. Wenn Anakin jetzt solche Träume von ihr träumte, dann brauchte sie alles Glück der Galaxis. „Erzähl ihn mir."

„Es war nur ein Traum", sagte Anakin und wandte sich von ihr ab.

Wenn es nur ein Traum war, weshalb bist du dann so unglücklich? Doch wenn sie das sagen würde, dann würde sie ihn nur noch mehr aufwühlen. Padmé wartete einfach ab.

Einen Augenblick später holte Anakin tief Luft. „Du stirbst bei der Geburt", sagte er geradeheraus.

„Und das Baby?" Padmé fragte wie automatisch, bevor sie weiter nachdachte.

„Das weiß ich nicht."

„Es war nur ein Traum", sagte Padmé, wenn sie auch nicht

an ihre Worte glaubte – ebenso wenig wie Anakin. Seine Vorahnungen hatten sich nur allzu oft bewahrheitet. *Vielleicht hätte ich früher einen Medi-Droiden aufsuchen sollen,* dachte sie. Doch das hatte sie nicht gewagt, aus Angst, das Geheimnis könnte herauskommen.

Anakin ging zu ihr und legte die Arme um sie. „Ich werde nicht zulassen, dass es wahr wird, Padmé." Sie ließ sich mit einem Gefühl der Sicherheit und Zuversicht in seine Arme sinken, doch sie wusste, dass das nur eine Illusion war. Anakin hatte sie vor dem Krieg bewahrt, vor Meuchelmördern, vor Kampf-Droiden und vor Monstern, doch dies war nichts, was er mit einem Lichtschwert niederschmettern konnte.

Padmé sah zu Anakin auf und versuchte zum ersten Mal, all ihre angestauten Ängste auszusprechen. „Anakin, dieses Baby wird unser Leben verändern", sagte sie bedächtig. „Ich bezweifle, dass die Königin mir weiterhin gestatten wird, im Senat zu dienen." Anakin sah sie bekümmert an, und so redete sie schnell weiter. „Und wenn der Rat erfährt, dass du der Vater bist, wird man dich aus dem Jedi-Orden ausschließen."

„Ich weiß." Anakin sprach die Worte in einem nüchternen Tonfall aus, und sie wusste, dass er sich dieselben Gedanken gemacht hatte. Doch Anakin dachte erst seit ein paar Stunden nach; sie hingegen seit Monaten. Monate, um jeden Winkel der Kiste zu untersuchen, in der sie gefangen waren.

Sie hatte sich bereits mit der Tatsache abgefunden, dass sie ihre Position im Senat würde aufgeben müssen. Es schmerzte noch immer, doch es gab viele Möglichkeiten für eine ehemalige Senatorin, aktiv zu bleiben. Sie war zuversichtlich, dass sie mit ihrer Erfahrung eine Stelle in der Mannschaft eines der anderen Senatoren bekommen konnte. Und sie würde das Baby haben, um das sie sich kümmern und das sie aufziehen musste. Aber Anakin …

In den letzten tausend Jahren hatten nur zwanzig Wesen den Jedi-Orden verlassen. Anakin hatte einst von ihnen gesprochen, als sie sich über Count Dooku unterhalten hatten, den letzten der Verlorenen Zwanzig. Und Anakin hatte immer ein Jedi werden wollen. Er hatte sein Leben dem Orden gewidmet – und was immer er auch sagte, Padmé war sich sicher, dass er sein Leben im Dienste der Jedi geben würde. Er war durch gefährliche, ja tödliche Missionen zum Helden geworden. Auf ein paar davon war er fast umgekommen. Was würde er tun, wenn er das aufgeben musste? Wie würde er auf diesen Verlust reagieren?

Padmé sprach zögernd den Gedanken aus, der ihr in letzter Zeit wieder und wieder in den Sinn gekommen war. „Anakin, glaubst du, dass Obi-Wan uns vielleicht helfen könnte?"

Anakin versteifte sich. „Hast du ihm etwas erzählt?"

„Nein", sagte Padmé besänftigend. „Aber er ist dein Mentor, dein bester Freund. Er muss doch etwas vermuten."

„Er ist wie ein Vater für mich, aber er ist auch Mitglied des Rates. Sag ihm nichts!"

Padmé seufzte. „Das werde ich nicht, Anakin." *Nicht, bis du selbst erkennst, dass wir es tun müssen.*

„Wir brauchen seine Hilfe nicht", sagte Anakin ein wenig zu entschlossen, so als müsste er sich selbst ebenso überzeugen wie Padmé. „Und das Baby ist ein Segen, kein Problem."

Es ist beides, dachte Padmé, doch sie war es Leid, dieselben Gedanken wieder und wieder in ihrem Kopf im Kreis drehen zu lassen. Sie lehnte sich an Anakin und ließ sich von seiner Zuversicht einnehmen. Sie mussten heute Nacht nicht alles klären. Im Augenblick reichte es, wenn sie an die Freude dachten, die die Zukunft bringen würde, anstatt sich auf die Probleme zu konzentrieren. Vorerst.

In Meister Yodas private Räumlichkeiten eingeladen zu werden, war normalerweise ein Privileg und eine Ehre, doch heute war es ein Privileg, auf das Obi-Wan lieber verzichtet hätte. *Ein vertrauliches Treffen, ohne den gesamten Rat ... das gefällt mir nicht.* Ihren Gesichtern nach zu urteilen, schien es Meister Yoda und Meister Windu nicht anders zu gehen. Die Dunkle Seite umgab alles mit einer erstickenden Wolke und verschleierte die Zukunft. Zwischen dieser ungewissen Zukunft und dem Krieg hatte sich die Angst in das Sanktuarium der Jedi geschlichen. *Angst ist der Weg zur Dunklen Seite. Was wird mit uns geschehen?*

Und jetzt diese Nachricht. „Die Kontrolle über den Jedi-Orden der Kanzler erreichen will", sagte Yoda.

„Und alles unter dem Vorwand größerer Sicherheit", gab Obi-Wan zurück. In den Jahren seit dem Beginn des Krieges hatte Palpatine immer mehr Zuständigkeiten des Senats an sich gerissen. Es war nur eine Frage der Zeit gewesen, bis er sich an den Jedi-Orden heranmachen würde. Doch auch wenn etwas voraussehbar war, dann war es trotzdem nicht minder erschreckend, wenn es schließlich geschah.

„Ich spüre ein Komplott zur Vernichtung der Jedi", sagte Mace Windu. Yoda sah ihn mit milder Missbilligung an. Meister Windu war ein mächtiger Krieger, doch manchmal sah er zu schnell Komplotte und Bedrohungen. *Und Yoda ist nach achthundert Jahren der Ausbildung von Jedi etwas zu geduldig.* Doch dass der Kanzler die Jedi *vernichten* wollte, das schien kaum vorstellbar zu sein. Mace fuhr fort, so als spürte er Obi-Wans Vorbehalte. „Die Dunkle Seite der Macht umgibt den Kanzler."

„So wie sie die Separatisten umgibt", sagte Obi-Wan nachdenklich, „Die Macht verschiebt sich. Wir alle spüren es. Wenn der Kanzler von der Dunklen Seite beeinflusst ist, könnte dieser Krieg ein Komplott der Sith sein, um die Republik zu übernehmen."

„Spekulationen!", sagte Yoda mit Nachdruck. „Aufgrund von Theorien wie dieser nicht agieren wir können." Er sah Mace und Obi-Wan unvoreingenommen an. „Beweise wir brauchen, bevor vor den Rat wir damit gehen."

Ja, aber wie sollen wir Beweise bekommen?, dachte Obi-Wan. Dann beantwortete er seine eigene Frage: „Der Beweis wird kommen, wenn Grievous nicht mehr ist."

Mace Windu und Yoda tauschten Blicke aus. Mace presste die Lippen zusammen. Dann sprach er das aus, was sie alle vermieden hatten zu sagen. „Wenn der Kanzler diesen Krieg nach der Vernichtung von Grievous nicht beendet, muss er seines Amtes enthoben werden."

„Verhaftet?" Obi-Wan durchfuhr ein kalter Schauder. Allein die Äußerung dieser Möglichkeit kam einem Verrat gefährlich nahe.

„Zu einem dunklen Ort diese Gedankengänge uns werden bringen", sagte Yoda, womit er Obi-Wans Gedanken wiedergab. „Sehr vorsichtig wir müssen sein."

Ja, sehr vorsichtig. Doch welche Wahl würden sie haben, wenn der Kanzler den Krieg fortführte?

Kapitel 6

Meister Yoda saß da und beobachtete Anakin Skywalker ganz genau. Der junge Jedi fragte ihn nicht oft um Rat, und es war noch seltener, dass er um ein dringendes vertrauliches Treffen bat. Und diese Umstände zu diesen Zeiten … *Von großer Bedeutung dies für uns sein muss. Aber weshalb?*

„Vorhersehungen", sagte er laut. Etwas vorherzusehen war eine seltene Begabung der Jedi, aber nichts Unbekanntes. Yoda hatte gelegentlich selbst die Wege der Zukunft gesucht. Allerdings hatte es seit Jahren niemand mehr willentlich getan. Nicht, seitdem die Dunkle Seite zu wachsen begonnen und solche Vorhersehungen gefährlich und unzuverlässig gemacht hatte. Doch die Macht war stark in Anakin, stärker als in jedem Jedi, den Yoda in hunderten von Jahren gesehen hatte. Und Anakin hatte seine Visionen nicht absichtlich gesucht, das war deutlich. Er wollte das Gesehene nur widerstrebend besprechen. Yoda nickte ermutigend. „Diese Visionen, die du hast …"

Anakins senkte den Kopf. „Sie handeln von Schmerz und Leid", sagte er leise. „Von Tod."

Und Angst sie dir machen. Aber Angst wovor? Vor wem? Er musste vorsichtig sein, sonst würde er nicht mehr darüber herausfinden. Und ohne mehr Kenntnisse der Sache konnte er Anakin nicht helfen. „Von dir selbst du sprichst oder von jemandem, den du kennst?"

„Jemand …", Anakins Stimme versiegte, und seine Hände ballten sich zu Fäusten, so als wollte er sich an etwas festhalten.

„Der nahe dir steht?", sagte Yoda nach einem Moment der Stille.

Als Anakin schließlich antwortete, war seine Stimme kaum mehr als ein Flüstern. „Ja."

„Vorsichtig du sein musst, wenn die Zukunft du ertastest, Anakin", sagte Yoda. „Die Angst vor einem Verlust der Weg zur Dunklen Seite ist." *Und da so stark die Dunkle Seite ist, ein schneller und leichter Weg es ist.*

Zu Yodas Bestürzung schien Anakin seine letzten Worte nicht gehört zu haben. Er hatte die Kiefer zusammengepresst und starrte ins Nichts, so als würde er gerade jetzt seine Visionen wieder sehen. Dabei spürte Yoda nichts von den Veränderungen in der Macht, die ein solches Vorkommnis eigentlich begleiteten. *Er erinnert sich,* dachte Yoda.

Irgendwann sprach Anakin wieder. „Ich lasse es nicht zu, dass meine Visionen wahr werden, Meister Yoda", sagte er mit grimmiger Entschlossenheit.

Ah, junger Jedi. Stark im Umgang mit der Macht du bist, aber den Tod aufzuhalten – so stark kein Jedi ist. Yoda hatte Jahrhunderte an Erfahrung und besaß Erinnerungen an Tausende von kurzlebigeren Wesen, die er ausgebildet hatte, mit denen er gearbeitet und um die er sich gekümmert hatte. Seine sanfte Antwort kam aus dieser Weisheit heraus. „Erfreue dich für die um dich, die eins werden mit der Macht. Nicht traure um sie. Nicht vermisse sie. Bindungen führen zu Eifersucht. Der Schatten der Gier sie ist."

Anakin nickte langsam, doch Yoda spürte noch immer den Widerstreit in ihm. „Was soll ich tun, Meister?"

„Lerne, von allem loszulassen, was zu verlieren du fürchtest", sagte Yoda. *Eine schwere Lektion das ist, aber notwendig.* Und es war eine Lektion, die es immer wieder und wieder zu lernen galt, dachte Yoda traurig, als er an die Hunderte von Jedi dachte, die bereits im Klonkrieg umgekommen waren.

Das Treffen mit Meister Windu und Meister Yoda bedrückte Obi-Wan noch mehrere Stunden. Er musste noch darüber nachdenken, als er die letzten Nachrichten vom Senat durchsah, als er sich auf seine nächste Einsatzbesprechung vorbereitete und selbst dann noch, als er bereits im Konferenzraum stand, den anwesenden Jedi die jüngsten Kampfzonen erklärte und ihre Fragen beantwortete. Doch er dachte nicht an den Kanzler oder den Rat der Jedi. Er dachte an Anakin.

Meister Yoda und Meister Windu sahen das Gesamtbild – wie sich der Kanzler, der Senat und die Jedi einander gegenüber verhielten und die jeweils dazugehörigen verschiedenen Mächte, Autoritäten und Verantwortlichkeiten. Sie betrachteten die sich dauernd ändernden Eingaben, Vorschläge und Forderungen, als würden sie die Züge in einem Dejarik-Spiel auf einem Holobrett beobachten.

Anakin sah nicht das Gesamtbild. Anakin betrachtete die meisten Dinge aus einem sehr persönlichen Blickwinkel. Das war kein Problem gewesen, als er und Anakin im Outer Rim gewesen waren, um dort gegen die Handelsföderation zu kämpfen – schließlich war ein Kampf-Droide, der einen beschoss, etwas ziemlich Persönliches, was auch immer dessen Gründe waren. Doch jetzt, wo sie sich wieder auf Coruscant befanden, musste Anakin auch die politischen Auswirkungen seines Handelns in Betracht ziehen – und des Handelns aller anderen. Obi-Wan machte sich Sorgen über Anakins Reaktion angesichts der jüngsten Entwicklungen. *Irgendjemand* musste ihn vor den Dingen warnen, die vielleicht auf ihn zukamen. Obi-Wan seufzte. In diesem Fall war er selbst der einzige ‚Jemand', der Anakin einen Hinweis geben konnte. Wenn Anakin nur auf ihn hören würde …

Die Tür zum Besprechungsraum ging auf. Obi-Wan schaute von den Hologrammen und Schautafeln auf, die er gerade schloss und sah, wie Anakin sich eilig näherte. „Du hast den Bericht über die Belagerungen am Outer Rim versäumt", sagte Obi-Wan.

„Ich wurde aufgehalten", gab Anakin zurück. Er klang angespannt und schien gedankenverlorenen zu sein. Dann schüttelte er den Kopf. „Es tut mir Leid. Ich habe keine Entschuldigung."

Obi-Wan drehte sich um und schaltete die letzten elektronischen Sternkarten ab. „Um es kurz zu machen: Sie laufen ziemlich gut", sagte er. Vielleicht konnte er das Gespräch unauffällig auf politische Themen bringen, wenn er von der Besprechung erzählte, die Anakin gerade versäumt hatte. „Saleucami ist gefallen, und Meister Vos hat seine Truppen nach Boz Pity verlegt."

Anakin schob die Augenbrauen zusammen. „Was ist dann nicht in Ordnung?", fragte er geradeheraus.

So viel zum Thema unauffällig, dachte Obi-Wan. „Der Senat soll heute darüber abstimmen, ob der Kanzler noch mehr Exekutivgewalt bekommt."

„Das kann nur weniger Diskussionen und mehr Aktion bedeuten“, sagte Anakin mit einer gewissen Zufriedenheit. Dann sah er Obi-Wans Gesicht und er schaute verwundert drein. „Ist das so schlimm? Es wird einfacher für uns werden, diesen Krieg zu beenden.“

So einfach ist das nicht! Obi-Wan schluckte die Worte hinunter. Anakin war kein Diplomat; für ihn war es tatsächlich *einfach*. „Anakin. Hüte dich vor deinem Freund, dem Kanzler.“

„Mich hüten? Wovor?“ Anakin sah verständnisloser als je zuvor drein.

„Er bat um dein Erscheinen.“

„Weshalb?“

„Das wollte er nicht sagen.“

Wenigstens das entlockte Anakin ein Stirnrunzeln. „Der Kanzler informierte den Jedi-Rat nicht?“, fragte Anakin. „Das ist aber ungewöhnlich.“

„*Alles* ist ungewöhnlich“, gab Obi-Wan zurück. „Ich habe ein ungutes Gefühl.“ Nun schien Anakin aufmerksamer zu sein. „Das Verhältnis zwischen dem Rat und dem Kanzler ist angespannt.“

Anakins Stirnrunzeln vertiefte sich. „Ich weiß, dass der Rat die wachsende Macht des Kanzlers mit Argwohn betrachtet“, sagte er. „Aber arbeiten wir nicht alle zusammen, um die Republik zu retten? Weshalb all das Misstrauen?“

Weil manche Wesen mehrere Ziele zugleich verfolgen können, dachte Obi-Wan. *Der Kanzler kann an der Rettung der Republik arbeiten und gleichzeitig daran, seinen eigenen Einfluss zu vergrößern. Und wenn wir nicht aufpassen, hat er nach Ende des Krieges zu viel Macht.* Doch es wäre zu gefährlich, das laut auszusprechen, selbst im Jedi-Tempel.

„Die Macht wird dunkel, Anakin", sagte Obi-Wan stattdessen. „Und wir alle sind davon betroffen. Achte auf deine Gefühle."

Anakin nickte, doch als sie gemeinsam den Besprechungsraum verließen, konnte Obi-Wan nur hoffen, dass er genug gesagt hatte.

Das Büro des Obersten Kanzlers des Senats bot eine der besten Aussichten auf dem Planeten. Die meisten Fenster von Coruscant zeigten nichts als die düsteren, grauen Schluchten zwischen den riesigen Bauwerken, die die Planetenoberfläche bedeckten. Die gewaltigen Wolkenkratzer glichen künstlichen Bergen, die es unmöglich machten, weit zu sehen.

Doch das Büro des Kanzlers befand sich weit oberhalb der meisten Gebäude. Aus seinen Fenstern sahen die Wolkenkratzer weniger wie Berge aus, sondern vielmehr wie ein Wald aus versteinerten Pflanzen. An diesem Tag hing allerdings ein rauchiger brauner Dunst über diesem Wald. Lücken in den Turmreihen zeigten die Stellen auf, an denen Gebäude im Kampf zerstört worden waren. *Die Separatisten müssen für eine ganze Menge geradestehen,* dachte Anakin.

Irgendwann brach Kanzler Palpatine das Schweigen. „Anakin, der Senat wird heute Nachmittag dafür votieren, dass ich die direkte Kontrolle über den Jedi-Rat bekomme."

Anakins Augen weiteten sich. Obi-Wan hatte gesagt, dass der Kanzler größere Macht bekommen würde, aber so etwas hatte Anakin nicht erwartet. „Die Jedi werden nicht mehr dem Senat unterstehen?", fragte er. Er konnte es einfach nicht glauben.

„Sie werden mir persönlich unterstehen", sagte Palpatine.

„Der Senat ist zu unkonzentriert, um einen Krieg überwachen zu können."

„Dem stimme ich zu", sagte Anakin schnell. Doch als er sich an Obi-Wans Worte erinnerte, fügte er hinzu: „Aber der Rat der Jedi könnte das anders sehen. Bei allem Respekt, Sir, der Rat wünscht keine weiteren Verfassungsänderungen."

„In diesem Fall bleibt mir keine andere Wahl", sagte Palpatine beinahe traurig. „Dieser Krieg muss gewonnen werden."

„Darin sind sich alle einig", sagte Anakin. *Obwohl ich manchmal glaube, dass sich der Rat der Jedi so viel mit Politik beschäftigt, dass er das wahre Problem aus den Augen verloren hat.* Doch kaum hatte Anakin diesen Gedanken zu Ende gedacht, bekam er Schuldgefühle. Der Rat hatte seine eigenen Mitglieder in den Kampf geschickt und dabei einige von ihnen verloren. *Weil ich wieder auf Coruscant bin und nicht mehr auf dem Kriegsschauplatz,* dachte Anakin, *fühle ich mich wie eingesperrt. Und … da ist noch etwas anderes.* Doch er wollte jetzt nicht an seine Träume denken.

Palpatine hatte in der Zwischenzeit weitergeredet. Anakin wandte seine Aufmerksamkeit wieder der Unterhaltung zu, als der Kanzler gerade wissen wollte: „Fragst du dich nicht, weshalb man dich nicht in den Rat aufgenommen hat?"

„Meine Zeit wird kommen", sagte Anakin wie automatisch. „Wenn ich älter, und wie ich annehme, weiser bin." *Aber meine Zeit wird nicht kommen,* dachte er. *Nicht mehr. Sobald sie von mir, Padmé und dem Kind erfahren, werde ich den Jedi-Orden verlassen müssen.* Er fühlte sich plötzlich leer, so wie er sich mit neun Jahren gefühlt hatte, als der Rat der Jedi der Meinung gewesen war, er wäre zu alt für eine Ausbildung gewesen. *Was wird jetzt mit mir geschehen?,* fragte er Meister

Qui-Gon Jinn. Er war Qui-Gons Schützling geworden, doch das schien nicht genug gewesen zu sein – auch nicht, als er neun Jahre alt gewesen war. Die Ratsmitglieder hatten nach Qui-Gons Tod nachgegeben, doch sie hatten seine Ausbildung nie wirklich unterstützt.

„Ich hoffe, du vertraust mir, Anakin", sagte der Kanzler.

„Natürlich", gab Anakin voller Schuldgefühle zurück. Er vertraute dem Kanzler nicht genug, um ihm von Padmé oder dem Baby zu erzählen. Doch er vertraute *niemandem* genug, um diese Dinge erzählen zu können. Noch nicht.

„Ich brauche deine Hilfe, mein Sohn."

Habe ich irgendetwas verpasst? „Was meint Ihr?"

„Ich fürchte die Jedi. Der Rat will mehr und mehr Kontrolle. Sie verstecken sich hinter Geheimhaltung und sind davon besessen, ihre Unabhängigkeit zu wahren. Das sind Ideale, deren Aufrechterhaltung ich in einer Demokratie schlichtweg unbegreiflich finde."

Anakin fiel es schwer, nicht genervt die Augen zu verdrehen. Obi-Wan hatte fast dasselbe über den Kanzler gesagt. Weshalb konnten sie nicht alle einfach *aufhören* und sich wieder um diesen Krieg kümmern? „Ich kann Euch versichern, Sir, dass sich die Jedi den Werten der Republik verpflichtet fühlen", sagte er zu Palpatine.

„Ihre Handlungen werden eine deutlichere Sprache sprechen als ihre Worte", gab der Kanzler zurück. „Ich brauche dich."

„Wofür?", wollte Anakin verwundert wissen. „Ich verstehe Euch nicht."

„Um die Augen, die Ohren und die Stimme der Republik zu sein", sagte Palpatine.

Was meint er damit? Der Kanzler war die Stimme des Senats, und der Senat war die Stimme der Republik. Brauchte Palpatine einen Jedi-Assistenten? Das ergab keinen Sinn.

„Anakin", sagte Palpatine nach einem kurzen Moment des Schweigens. „Ich ernenne dich zu meinem persönlichen Repräsentanten im Jedi-Rat."

Das war deutlich. Es dauerte allerdings eine Sekunde, bis Anakin die Bedeutung der Worte klar wurde. „Ich? Ein Jedi-Meister?" *Das jüngste Ratsmitglied aller Zeiten! Und vielleicht kann ich dann im Orden bleiben, auch wenn sie herausfinden …* Er wagte es nicht, diesen Gedanken zu Ende zu denken. Die Hoffnung war zu groß und gleichzeitig zu trügerisch. Abgesehen davon … „Ich bin überwältigt, Sir, aber der Rat wählt seine Mitglieder selbst. Sie werden das niemals akzeptieren."

„Ich glaube, das werden sie", sagte der Kanzler mit einer ruhigen Entschlossenheit, die absolut überzeugend war. „Sie brauchen dich nötiger, als ihnen klar ist."

Kapitel 7

Es kostete Anakin seine ganze Selbstbeherrschung, um nicht in dem Gang vor dem Jedi-Ratssaal auf und ab zu gehen. In seinem Kopf herrschte Chaos. Es waren erst ein paar Stunden vergangen, seitdem der Kanzler ihm gesagt hatte, dass er ihn im Rat der Jedi haben möchte. Es schienen erst Minuten vergangen zu sein, seitdem der Senat dem Kanzler die Autorität gegeben hatte, um Anakins Ernennung offiziell zu machen. Weshalb kam es ihm also vor, als stünde er schon seit Stunden hier draußen?

Irgendwann öffneten sich endlich die Türen, und Anakin ging hinein. Der Ratssaal kam Anakin größer vor, als er ihn in Erinnerung hatte. Seit dem Ausbruch der Klonkriege war er oft hier gewesen, um von Missionen zu berichten, die er gemeinsam mit Obi-Wan durchgeführt hatte. Er konnte sich allerdings nicht daran erinnern, dass der Weg in die Mitte des Kreises jemals so weit gewesen war. Die wartenden Meister saßen mit ausdruckslosen Gesichtern auf ihren Plätzen: Mace Windu, Eeth Koth, Yoda und die Hologramme von Plo Koon und Ki-Adi-Mundi. Selbst Obi-Wans Gesicht ließ keine Rückschlüsse auf die Entscheidung des Rates zu.

Endlich erreichte Anakin die Mitte des Raumes. Er blieb stehen und verneigte sich.

Irgendwann ergriff Mace Windu als Oberhaupt des Rates formell das Wort. „Anakin Skywalker, deiner Ernennung zum Ratsmitglied als persönlicher Repräsentant des Kanzlers wurde stattgegeben."

„Ich werde mein Bestes geben, um die Prinzipien des Jedi-Ordens zu wahren", gab Anakin in der selben Förmlichkeit zurück, dabei fiel es ihm mehr als schwer, seine Freude für sich zu behalten. Er wollte in die Luft springen und schreien, zumindest aber grinsen.

Master Yoda musste Anakins Gefühle gespürt haben, denn er sah ihn streng an. „Diese Ernennung der Rat nicht leicht zulässt. Beunruhigend dieser Wunsch des Kanzlers Palpatine ist."

„Ich verstehe", sagte Anakin.

„Du bist Mitglied des Rates", fuhr Mace fort. „Aber wir gewähren dir nicht den Rang eines Meisters."

Was? Wut überkam Anakin, und damit war seine Beherrschung dahin. „Wie könnt Ihr das tun? Ich bin mächtiger als jeder von Euch! Wie kann ich Mitglied des Rates werden, ohne ein Meister zu sein?"

„Setz dich, junger Skywalker", sagte Mace mit eisiger Missbilligung.

Anakin schluckte. Obwohl er innerlich noch kochte, zwang er sich zu einer Entschuldigung. „Vergebt mir, Meister", sagte er und ging zu einem der leeren Stühle. *Der Kanzler baut auf mich. Sie werden weder ihm noch mir vertrauen, wenn ich mich nicht beherrschen kann. Aber es gab noch nie ein Mitglied des Rates, das nicht auch Meister war! Und ich bin gut genug. Das weiß jeder.*

Ki-Adi-Mundi räusperte sich, und die Versammlung drehte sich sofort um die Tagesordnung. „Wir haben alle Systeme der

Republik durchsucht, aber keine Spur von General Grievous gefunden."

„Im Outer Rim er sich versteckt", sagte Yoda. „Die außen liegenden Systeme durchsuchen Ihr müsst."

„Das könnte etwas Zeit in Anspruch nehmen", sagte Obi-Wan. „Wir können nicht so viele Schiffe entbehren."

„Wir können keine Schiffe von der Front abziehen", sagte Mace.

Anakin nickte trotz seiner Wut zustimmend. Die Streitmächte der Republik waren bereits zu ausgedünnt.

„Dennoch wäre es fatal für uns, wenn wir zuließen, dass sich die Droiden-Armeen neu sammeln", sagte Obi-Wan.

Anakin war auch damit eins.

„Meister Kenobi, unsere Spione kontaktieren Ihr müsst", sagte Yoda. „Dann warten."

Anakin runzelte die Stirn. *Warten? Das wird General Grievous Zeit verschaffen, um sich neu zu organisieren. Aber was können wir schon unternehmen, wenn wir nicht genügend Jäger haben, die wir losschicken können?*

Das blaue Hologramm Ki-Adi-Mundis hob eine Hand. „Was ist mit den Droiden, die auf Kashyyyk landeten?"

Alle waren sich einig, dass sie Kashyyyk, den Heimatplaneten der Wookiees, nicht verlieren durften. Er lag an der wichtigsten Navigationsroute im südwestlichen Quadranten. Anakin meldete sich freiwillig, um sofort eine Angriffstruppe zu kommandieren. Er kannte das System gut, und so ging er davon aus, dass die Aktion nicht viel Zeit in Anspruch nehmen würde. Doch Mace schüttelte den Kopf. „Deine Aufgabe ist es, hier an der Seite des Kanzlers zu sein."

Anakin schluckte seine Enttäuschung hinunter. Ihm war

nicht klar gewesen, dass ihn seine Tätigkeit als Repräsentant des Kanzlers von der Front fern halten würde. *Sie lassen mich nicht mehr die Arbeit machen, die ich gut mache*, dachte er. *Und sie werden mich nicht zum Meister ernennen, damit ich diese Arbeit gut machen kann. Das ist nicht fair!*

Auch Yodas nächste Worte halfen nicht. „Gute Beziehung zu den Wookiees ich habe. Gehen, ich werde." Ebenso wenig wie Mace Windus sofortige Zustimmung. Während der gesamten Sitzung, in der der Rat Aufgaben verteilte und Kriegsstrategien besprach, kochte Anakins Wut weiter. Er unterdrückte sein Temperament, bis die Ratssitzung vorüber war. Doch als er mit Obi-Wan durch den Korridor zu den Besprechungsräumen ging, konnte er nicht mehr an sich halten und machte seinen Gefühlen Luft.

„Was für ein Schwachsinn ist das denn?", polterte er. „Mich in den Rat aufnehmen, aber nicht zum Meister machen? Das kam in der Geschichte der Jedi noch nie vor! Es ist eine Beleidigung!"

„Beruhige dich", sagte Obi-Wan. „Dir wurde eine große Ehre zuteil. Es gab noch nie ein Ratsmitglied in deinem Alter."

Anakin schnaubte. *Es gab auch noch nie einen solch mächtigen Jedi wie mich.*

„Hör mir zu, Anakin", sagte Obi-Wan in seinem solch ernsten Tonfall, dass Anakin aufmerksam wurde. „Fakt ist, dass du dem Kanzler zu nahe stehst und dass dem Rat seine Einmischung in die Angelegenheiten der Jedi missfällt."

Dem Kanzler zu nahe? Glaubt er …? „Ich schwöre Euch, ich habe nicht darum gebeten, in den Rat aufgenommen zu werden", sagte Anakin. Wenn es das war, was die anderen Jedi dachten, dann war es auch kein Wunder, dass sie Schwierigkeiten machten!

„Aber es ist das, was du wolltest", erwiderte Obi-Wan. „Und ganz gleich wie es zustande kam: Du befindest dich jetzt in einer delikaten Situation."

„Ihr meint geteilte Loyalität?" *Aber wir sind doch alle auf derselben Seite, oder etwa nicht?*

Obi-Wan schüttelte den Kopf. „Ich habe dich *gewarnt*, dass zwischen dem Rat und dem Kanzler Spannungen herrschen. Ich habe mich deutlich ausgedrückt. Weshalb hast du nicht auf mich gehört? Du hast es nicht anders gewollt."

Das war typisch Obi-Wan. Er suchte immer nach obskuren Motiven und versteckten Zusammenhängen. Doch dieses Mal, so dachte Anakin, sah er nicht einmal, was direkt vor seiner Nase lag. „Der Rat ist aufgebracht, weil ich der jüngste Jedi bin, der jemals Mitglied wurde", sagte Anakin.

„Nein, das ist er nicht", erwiderte Obi-Wan frustriert. Er hielt einen Augenblick inne und fuhr dann etwas ruhiger fort. „Anakin, ich mache mir Sorgen, wenn du von Eifersucht und Stolz sprichst. Das sind keine Jedi-Gedanken. Es sind gefährliche, dunkle Gedanken."

„Meister, von allen Wesen solltet gerade Ihr Vertrauen in meine Fähigkeiten haben", sagte Anakin. Obi-Wan nickte leicht.

„Ich weiß, wem meine Loyalität gilt", sagte Anakin, jetzt etwas zuversichtlicher.

Obi-Wan sah Anakin an und wandte sich dann ab. „Das hoffe ich."

Anakin wartete verwirrt darauf, dass sein ehemaliger Mentor weitersprach. Als Obi-Wan jedoch nichts sagte, beschloss Anakin nachzuhaken. „Ich spüre, dass hinter diesen Worten mehr steckt als das, was Ihr sagt."

„Anakin, der einzige Grund, warum der Rat deiner Ernennung zustimmte, ist, dass der Kanzler dir vertraut", sagte Obi-Wan und blieb wieder stehen.

„Und?" Anakin war all die Hinweise langsam Leid. *Könnt Ihr nicht ein einziges Mal einfach offen sagen, worum es geht?*

„Anakin, du musst wissen, dass ich auf deiner Seite bin", sagte Obi-Wan unglücklich. „Ich hätte nie gewollt, dass du in diese Lage kommst."

„In *welche* Lage?" Er konnte doch nicht die Ernennung zum Ratsmitglied meinen! Obi-Wan war sein Freund. Er wusste, wie sehr Anakin sich einen Sitz im Rat ersehnt hatte.

Obi-Wan blieb stehen und sah Anakin direkt an. Er zögerte, so als suchte er nach den passenden Worten. „Der Rat möchte, dass du über alle Geschäfte des Kanzlers Bericht erstattest. Sie wollen wissen, was er vorhat."

Anakin starrte Obi-Wan fassungslos an. Irgendetwas tief in ihm flüsterte: *Bitte Obi-Wan nie wieder, etwas offen zu sagen*, doch der größte Teil seines Verstands nahm auf, was sein ehemaliger Meister gerade gesagt hatte. „Sie wollen, dass ich den Kanzler ausspioniere?"

Obi-Wan nickte.

„Das ist Verrat!"

„Wir befinden uns im Krieg, Anakin", sagte Obi-Wan unglücklich. „Und der Rat der Jedi hat sich verpflichtet, die Prinzipien der Republik aufrecht zu erhalten, auch wenn der Kanzler es nicht mehr tut."

Hier stimmt etwas ganz und gar nicht. „Weshalb gab mir der Rat diesen Auftrag nicht während der Sitzung?", wollte Anakin wissen.

Obi-Wan sah noch unglücklicher drein als zuvor. „Dies ist

kein offizieller Auftrag. Der Rat bat mich darum, dich persönlich auf diese Sache anzusprechen."

Sie wussten es. Sie wussten, dass sie mich darum nicht bitten dürfen. Anakins Gedanken rasten. „Der Kanzler ist kein schlechter Mann, Obi-Wan", sagte er voller Verzweiflung. „Er hat sich mit mir angefreundet. Er gab seit meiner Ankunft hier auf mich Acht." *Das musste Obi-Wan doch verstehen. Wir sind auf derselben Seite! Weshalb sieht das niemand außer mir? Wir sollten … General Grievous und die Separatisten ausspionieren, und nicht einen guten Mann, der für die gleiche Sache kämpft wie wir!*

Aber Obi-Wan schüttelte den Kopf. „Deshalb musst du uns helfen, Anakin." Er konnte seinem ehemaligen Schüler nicht mehr in die Augen sehen, als er weitersprach. „Wir schulden unsere Treue dem Senat und nicht seinem Anführer …, der es schaffte, so lange nach Ablauf seiner eigentlichen Amtszeit an der Macht zu bleiben."

Anakin starrte Obi-Wan ungläubig an. *Das können sie dem Kanzler doch unmöglich verübeln!* „Meister, der Senat *verlangte*, dass er länger im Amt bleibt!"

„Hör auf deine Gefühle, Anakin", gab Obi-Wan zurück. „Hier stimmt etwas nicht."

„Ihr verlangt von mir, etwas zu tun, das gegen den Jedi-Kodex verstößt", sagte Anakin voller Bitterkeit. „Gegen die Republik. Gegen einen Mentor … und gegen einen Freund. *Das* ist es, was hier nicht in Ordnung ist. Weshalb verlangt Ihr das von mir?"

„Der Rat verlangt es von dir."

Anakin starrte seinen Freund an. Ihm wurde übel. Erst gestern hatte er sich versprochen – geschworen – den Jedi-Kodex nie wieder zu brechen. Und jetzt sagte ihm der Rat der Jedi, dass der Kodex nicht wichtig war, wenn er einen daran hinderte, ein bestimmtes Ziel zu erreichen. *Obi-Wan* bat ihn darum, das zu tun. „Ich weiß, wem meine Loyalität gilt“, wiederholte Anakin, spürte aber der Leere in den Worten, hinter denen er noch vor wenigen Minuten mit ganzem Herzen gestanden hatte.

Obi-Wan nahm das als Antwort und nickte mit offensichtlicher Erleichterung. Doch als Anakin seinem ehemaligen Meister den Gang entlang folgte, fragte er sich, ob es tatsächlich eine Antwort gewesen war.

Kapitel 8

Die Sonne ging gerade unter, als Padmé endlich vom Senat zurückkam. Nach außen hin sah es so aus, als würde der gesamte Senat Kanzler Palpatine ohne Vorbehalte unterstützen, doch unter der Oberfläche herrschte eine enorme Spannung. Sie verbrachte jetzt die meiste Zeit mit Diskussionen, ob man etwas gegen den Kanzler unternehmen sollte oder nicht, und wenn ja, was es sein sollte. Padmé selbst hatte Palpatines wachsende Macht mit immer größerem Unbehagen zur Kenntnis genommen.

Sie hatte mit Palpatine zusammen gearbeitet und ihm jahrelang vertraut – seit ihrer Amtszeit als gewählte Königin von Naboo, als sie auch Naboos Repräsentantin im Senat gewesen war. Sie selbst hatte die Autorität des damaligen Senatskanzlers Valorum in Frage gestellt und so Palpatine den Weg geebnet, die Macht zu übernehmen. *Hätte ich das auch getan*, fragte sie sich, *wenn ich gewusst hätte, was der Kanzler mit dieser Macht anstellen würde?*

Die Antwort kannte sie nicht. Doch sie war sich sicher, dass sie etwas gegen die momentanen Geschehnisse unternehmen musste. Sie war sich im Klaren darüber, dass die Gespräche an Verrat grenzten, denn Kanzler Palpatine hatte nichts Illegales getan. Padmé fragte sich oft, was ihre Jedi-Freunde wohl denken würden, wenn sie herausfanden, womit sie beschäftigt war. Vor allem fragte sie sich, was Anakin wohl davon halten würde.

Der Luftgleiter landete auf der Plattform und Padmé gab sich einen Ruck. Genug gearbeitet für heute. Ihr Rücken schmerzte und ihre Füße taten weh. Die Kleider, die ihre Schwangerschaft verbargen, waren schwer und warm. Und sie war beinahe zu müde, um noch richtig denken zu können. Sie hatte eine Pause verdient. Und sie hoffte, dass Anakin sich wieder vom Jedi-Tempel fortschleichen konnte. Ihr war klar, dass er nicht jede Nacht kommen konnte, aber er war doch so lange weg gewesen …

Sie entließ Captain Typho und ihre beiden Dienerinnen, kaum dass sie aus dem Gleiter ausgestiegen war. „Ich gehe gleich nach oben“, sagte sie. C-3PO blieb unsicher stehen, als die drei Bediensteten gingen, bis sie ihn ebenfalls wegschickte, damit er nach den Sicherheits-Droiden sah.

Als sie endlich allein war, stieß Padmé einen erleichterten Seufzer aus und trat auf die Veranda hinaus, um sich den Sonnenuntergang anzusehen. Sie lehnte sich gegen das Geländer und war froh, dass sie einmal nicht über das nachdenken musste, was sie sagte und ob es einen dünnhäutigen Senator provozieren könnte.

Sie wusste nicht mehr, wie lange sie so dagestanden hatte, als sie die Gegenwart eines anderen auf der Veranda spürte. Sie drehte sich erschrocken um und sah, dass Anakin dicht hinter ihr stand. „Du hast mich erschrocken!“, beschwerte sie sich, obwohl sie schnell ihre Hände ausstreckte, um ihn zu umarmen.

„Wie fühlst du dich?“, fragte Anakin, als sie sich wieder voneinander lösten.

Padmé lachte. „Er tritt mich immer wieder."

„Er?" Anakin riss die Augen auf. „Weshalb glaubst du, dass es ein Junge wird?"

„Mein Mutterinstinkt", sagte Padmé neckisch. Auch wenn sie einen Medi-Droiden zu Rate gezogen hätte, so hätte sie nicht danach gefragt. Die Frage, ob sie einen Jungen oder ein Mädchen trug, war eine der wenigen geheimen Freuden, die sie in den Monaten von Anakins Abwesenheit gehabt hatte. Sie nahm die Hand ihres Mannes und legte sie auf ihren Bauch, damit er den winzigen, unsichtbaren Fuß spüren konnte, der gegen die Wand seines Hortes trat.

Anakins Augen weiteten sich. „Wow!" Er sah sie an und grinste. „Bei einem solch starken Tritt muss es ein Mädchen sein."

Sie lachte darüber, wie er ihr neckisches Spiel umgedreht hatte, und er stimmte in das Lachen mit ein. *So sollte es immer sein*, dachte sie und ließ sich in seine Arme sinken. Und es gab noch mehr gute Neuigkeiten, die das Glück dieses Augenblicks verlängern würden. „Ich habe von deiner Ernennung gehört, Anakin", sagte sie. „Ich bin so stolz auf dich."

Zu ihrer Überraschung verfinsterte sich seine Miene. „Ich sitze jetzt vielleicht im Rat", sagte er wütend, „doch sie weigern sich, mich zum Jedi-Meister zu ernennen."

Der Augenblick zerbrechlichen Glücks war dahin. „Geduld", sagte Padmé. „Irgendwann werden sie deine Fähigkeiten anerkennen."

„Sie behandeln mich, als wäre ich noch immer ein Padawan-Schüler", sagte Anakin, so als hätte er sie nicht gehört. Er ballte die Fäuste. „Sie fürchten meine Kräfte. Das ist das eigentliche Problem."

„Anakin!" Sie mochte es nicht, wenn er so war – wütend,

nachtragend und darauf bedacht, jemand anderem die Schuld zu geben. *Aber es gibt nicht immer jemanden, dem man die Schuld geben kann – manchmal sind die Dinge einfach so, wie sie sind. Man muss sich damit abfinden und weiter seiner Wege gehen.*

„Manchmal frage ich mich, was mit dem Jedi-Orden los ist", fuhr Anakin fort. Jetzt klang er eher traurig, beinahe verletzt, anstatt wütend. „Ich glaube, dass dieser Krieg die Prinzipien der Republik zerstört."

Anakin? Padmé starrte ihn an. In all den Jahren, seit sie ihn kannte, hatte sie ihn noch nie so reden hören. Normalerweise weigerte Anakin sich, auch nur ansatzweise über politische Dinge zu reden. Das war die einzige Sache, über die sie sich nie einig gewesen waren. Doch jetzt schien er endlich weiter zu blicken als bis zu der Frage, welcher Auftrag ihm als Nächstes zugeteilt wurde und wie er ihn am besten erledigen konnte. Das gab ihr den Mut, etwas auszusprechen, was sie seit Monaten hatte loswerden wollen, während sie zugesehen hatte, wie Kanzler Palpatine immer stärker und mächtiger wurde. „Hast du dir jemals überlegt, ob wir nicht auf der falschen Seite stehen könnten?"

Anakin richtete sich auf und sah sie misstrauisch an. „Wie meinst du das?"

„Was wäre, wenn die Demokratie, der wir dienen, gar nicht mehr existiert?", fragte Padmé und sprach damit ihre größte Angst aus. „Was wäre, wenn die Republik selbst das Böse wäre, für dessen Zerstörung wir die ganze Zeit kämpfen?"

„Das glaube ich nicht, Padmé", sagte Anakin, ein klein wenig zu nachdrücklich. „Du klingst wie ein Separatist!"

„Anakin, dieser Krieg ist das Sinnbild der Unfähigkeit zuzuhören", sagte Padmé beharrlich. „Du stehst dem Kanzler näher als irgendjemand sonst. Bitte, bitte – ersuche ihn darum, die Kämpfe zu beenden und der Diplomatie wieder den Vorrang zu gewähren."

Sie streckte die Hände nach ihm aus, während sie sprach, doch er zog sich zurück. „Verlange nicht von mir, das zu tun, Padmé", sagte er wütend. „Stell einen Antrag im Senat, wo diese Art von Anfrage hingehört!" Er wandte sich ab. „Ich bin nicht dein Botenjunge. Ich bin niemandes Botenjunge!"

Etwas ist nicht in Ordnung. Padmé schob ihre eigenen Sorgen beiseite und berührte ihn sanft am Arm. „Was ist los?"

„Nichts." Doch in seinem Tonfall schwangen Zorn und Schmerz mit.

Sie wartete in der Hoffung ab, dass er nachgeben und es ihr erklären würde, doch er schwieg dickköpfig. „Tu das nicht", sagte Padmé. „Schließ mich nicht aus. Lass mich dir helfen."

„Du kannst mir nicht helfen", gab Anakin traurig zurück. Er versuchte zu lächeln. „Ich versuche, *dir* zu helfen. Ich spüre, dass es Dinge gibt, die du mir verschweigst."

Hat er etwas von den Gesprächen im Senat mitbekommen? Padmé sah ihn an. *Ich kann ihn nicht fragen. Wenn er nichts davon weiß, dann verrate ich Leute, die mir vertrauen. Und es ist nicht fair, Anakin dieses Geheimnis mitzuteilen, wenn er mit unserer Position nicht völlig eins ist.* „Ich spüre, dass da etwas ist, das *du* mir nicht sagen möchtest", erwiderte sie in der Hoffnung, doch noch zu ihm durchzudringen.

Anakins Augen weiteten sich, und er wandte sich ab. *Ich hatte Recht. Da ist etwas.* Doch er sagte nichts. *Vielleicht kann er nicht. Vielleicht hat er sich verpflichtet, zu schweigen, so wie ich auch.*

Sie schüttelte den Kopf und versuchte, ein Bild von ihnen beiden loszuwerden, in dem sie sich dicht gegenüberstanden, sich aber vergeblich durch eine unsichtbare Wand zu erreichen versuchten. „Halte mich fest", sagte sie. Sie streckte die Arme nach Anakin aus und versuchte, die unsichtbare Wand zu ignorieren, oder zumindest einen Spalt zu schaffen, durch den die Hoffnung und das Glück zurückkehren konnten, das sie nur einen Augenblick zuvor gespürt hatten. „Halte mich fest, so wie du es am See auf Naboo getan hast, vor so langer Zeit, als es noch nichts anderes gab als unsere Liebe. Keine Politik, keine Komplotte ..."

Anakin verzog das Gesicht, so als versuchte er sich selbst an diese magische, verlorene Zeit zu erinnern. *Nicht verloren, bitte nicht für immer.* Als er sie endlich in den Arm nahm, schloss sie in einem Flüstern: „... keinen Krieg." Seine Arme schlossen sich fester um sie. Doch trotz seiner warmen Gegenwart konnte sie sich des Gefühls nicht erwehren, dass sie weiter voneinander entfernt waren als noch ein paar Tage zuvor, als er im Outer Rim und sie hier auf Coruscant gewesen war.

Ich mag all diese Abschiede nicht, dachte Obi-Wan, als er über das Jedi-Kanonenboot zu Mace Windu und Meister Yoda hinüber sah. Er fragte sich, wie er auf diesen Gedanken kam. Jedi brachen andauernd zu Missionen auf. Es hatte ihm nie etwas ausgemacht, ganz gleich, ob er derjenige war, der aufbrach oder der zurückblieb. *Es ist der Krieg*, schloss er für sich. *Zu viele Jedi brechen auf, kommen aber nicht mehr zurück.*

„Anakin nahm seine Ernennung nicht sonderlich begeistert auf", sagte Obi-Wan und brach damit das Schweigen.

„Zu sehr unter dem Einfluss des Kanzlers er steht", sagte Yoda kopfschüttelnd.

„Sie zusammenzubringen ist ein gefährlicher Zug", sagte Mace nachdenklich. „Ich bin mir nicht sicher, ob der Junge dem gewachsen ist."

„Er wird es schaffen", sagte Obi-Wan. Es fiel ihm schwer, sich so zuversichtlich zu fühlen, wie er klang. „Ich vertraue ihm mit meinem Leben."

„Ich nicht", gab Mace zurück.

Obi-Wan sah Meister Windu verblüfft an. Es konnte doch keine Frage mehr sein, ob Anakin zu *trauen* war! Er war vielleicht nicht das Ideal eines Jedi-Ritters, doch er hatte seine Fähigkeiten immer wieder aufs Neue bewiesen. Und abgesehen davon … „Bei allem Respekt, Meister, ist er nicht der Auserwählte? Der Auserwählte, der die Sith vernichten und die Macht wieder ins Gleichgewicht bringen wird?"

„So sagt es die Prophezeihung." Mace klang skeptisch.

„Eine falsch interpretierte Prophezeihung das sein hätte können", gab Yoda zu bedenken.

„Anakin wird mich nicht enttäuschen", sagte Obi-Wan. „Das hat er noch nie getan."

„Ich hoffe, dass Recht Ihr habt", sagte Yoda, als das Kanonenboot landete. Die Schotte öffneten sich, und der kleine Jedi-Meister erhob sich. „Und jetzt, zerstören die Droiden-Armeen auf Kashyyyk ich werde. Möge die Macht mit Euch sein.

Mace und Obi-Wan gaben den formellen Abschiedsgruß zurück, als Yoda die Rampe zu den Klontruppen hinabging, die sich auf den Abflug vorbereiteten. Als das Kanonenboot abhob und in Richtung des Jedi-Tempels flog, verfinsterte sich

Obi-Wans Miene. Er hatte die anderen Jedi-Meister ihre Meinung über Anakin noch nie so offen aussprechen hören. Und er fragte sich …

Wie kann Anakin uns vertrauen, wenn wir ihm nicht vertrauen?

Kapitel 9

Das Opernhaus der Galaxien bot selbst mitten im Krieg ein Bild der Eleganz und Unbeschwertheit. Die wichtigsten und kultiviertesten Mitglieder der Regierung gingen dort hin, um die besten Künstler der Republik zu sehen. So konnten sie ein paar Stunden so tun, als gäbe es keinen Krieg.

Anakin fand jedoch, dass der Krieg auch hier die Dinge verändert hatte. Es gingen weniger Senatoren und Regierungsmitglieder ins Opernhaus. Die Sitze waren von weniger wichtigen, von weniger geschäftigen Wesen besetzt. Vor der privaten Loge des Kanzlers waren Wachen in roten Gewändern postiert, die das Foyer anstatt die Aufführung im Auge behielten. Der berüchtigte Baron Papanoida stand in der Nähe. *Was tut er hier?* Doch niemand würdigte Anakin eines Blickes, obwohl er sich in seinen einfachen Jedi-Kleidern zwischen all dem Glanz und den eleganten Wesen etwas deplatziert vorkam.

Die Wachen ließen ihn in die Loge des Kanzlers. Anakin blieb einen Augenblick stehen und wartete, bis sich seine Augen an das schwache Licht gewöhnt hatten. Kanzler Palpatine saß recht weit vorne, wo er den besten Blick auf die Bühne hatte. Mas Amedda und Sly Moore saßen hinter ihm. Palpatine hob eine Hand und winkte Anakin heran.

„Ich habe gute Neuigkeiten", sagte Palpatine leise, als sich Anakin zu ihm hinunterbeugte. „Unsere Klon-Geheimdiensteinheiten haben den Aufenthaltsort von General Grievous gefunden. Er versteckt sich im Utapau-System."

„Endlich!", sagte Anakin. Mas Amedda sah ihn missmutig an. Anakin senkte schuldbewusst die Stimme und sprach weiter. „Dieses Mal wird er uns nicht entkommen."

Palpatine lächelte und nickte, doch Anakin war sich nicht sicher, ob die Geste ihm oder den Mon-Calamari-Tänzerinnen in der mit Flüssigkeit gefüllten Kugel vor ihm galt. „Du bist die beste Wahl für diese Aufgabe", sagte Palpatine nach einem kurzen Augenblick. „Doch man kann sich nicht immer darauf verlassen, dass der Rat das Richtige tut."

„Sie versuchen es", gab Anakin zurück. Dann erinnerte er sich an die Bitte, die Obi-Wan an ihn herangetragen hatte. *Tun sie das wirklich?*, fragte er sich.

„Setz dich", sagte Palpatine. Er schickte Amedda und Sly Moore hinaus und beugte sich zu Anakin hinüber. „Du weißt, dass ich mich nicht auf den Rat der Jedi verlassen kann. Wenn sie dich bis jetzt noch nicht in ihr Komplott einbezogen haben, dann werden sie es bald tun."

Anakin zögerte. „Ich bin mir nicht sicher, ob ich recht verstehe." Den Kanzler auszuspionieren mochte falsch sein, doch es war sicher kein Komplott. Der Rat wollte einfach nur mehr Informationen haben.

„Der Rat der Jedi will die Kontrolle über die Republik erlangen", sagte Palpatine ohne Umschweife. „Sie planen den Verrat an mir."

Nein. Aber Anakin war sich nicht mehr so sicher, wie er es noch vor wenigen Tagen gewesen war. „Ich glaube nicht …"

„Anakin, höre auf deine Gefühle“, sagte Palpatine sanft. „Du weißt es, oder etwa nicht?“

„Ich weiß, dass sie Euch nicht vertrauen.“ Schon die Tatsache, dass er das aussprach, kam ihm wie Verrat vor. Doch Palpatine wusste das mit Sicherheit schon.

Palpatine lächelte traurig. „Oder dem Senat. Oder der Republik. Oder der Demokratie, wenn wir schon dabei sind.“

„Ich muss zugeben, dass mein Vertrauen in die Jedi ins Wanken geriet.“

„Wodurch?“

Anakin wusste nicht, was er sagen sollte. Er konnte den Kanzler nicht anlügen, doch ihm die Wahrheit zu sagen, würde alles noch schlimmer machen. *Wir sind auf derselben Seite! Wir sollten zusammenarbeiten!*

Doch Palpatine nickte, so als hätte Anakin die Worte laut gesagt. „Sie baten dich darum, mich auszuspionieren, oder nicht?“, fragte er.

Er weiß es! Anakin senkte den Blick. „Ich weiß nicht, was ich sagen soll.“ Er brachte es nicht fertig, den Verdacht des Kanzlers zu bestätigen. „Ich bin verwirrt.“

„Denk an das, was man dir am Anfang deiner Ausbildung beibrachte, Anakin“, sagte der Kanzler. „‚Wer Einfluss hat, hat auch Angst, ihn zu verlieren‘.“ Er machte eine Pause. „Sogar die Jedi.“

„Die Jedi benutzen ihre Kräfte für das Gute!“ *So wie ich, als ich Count Dooku tötete?* Anakin schüttelte den Gedanken ab. *Ich wollte ihn ja nicht töten. Es … geschah einfach. Ich weiß, dass es falsch war. Ich weiß, dass ein Jedi für so etwas seine Fähigkeiten nicht benutzen sollte.* Doch eine leise Stimme in seinem Hinterkopf flüsterte: *Und doch hast du ihn getötet.*

„Das Gute ist ein Frage des Blickwinkels, Anakin. Und der Blickwinkel der Jedi ist nicht der einzig gültige." Palpatine ließ sich etwas komfortabler in seinen Stuhl sinken. „Die Dunklen Lords der Sith glauben ebenfalls an Sicherheit und Gerechtigkeit, und doch sieht man sie im Allgemeinen als ..."

„... böse an." Anakin war froh, dass Palpatine endlich ein Thema gewählt hatte, dem Anakin sich gewachsen fühlte.

Palpatine lächelte. „Böse ... aus der Sicht eines Jedi. Dabei ähneln sich die Sith und die Jedi in fast allen Punkten, einschließlich ihrer Suche nach mehr Einfluss. Der Unterschied zwischen den beiden ist, dass die Sith keine Angst vor der Dunklen Seite der Macht haben. Deshalb sind sie auch mächtiger."

„Die Sith konzentrieren sich auf die Stärkung ihrer Kräfte", sagte Anakin. „Sie denken nach innen, nur an sich selbst."

„Und die Jedi nicht?", fragte Palpatine und hob skeptisch die Augenbrauen.

„Die Jedi sind selbstlos. Sie sorgen sich nur um andere."

Palpatines Lächeln wurde breiter. „Man hat dir beigebracht, das zu denken. Wie kommt es dann, dass sie dich um etwas baten, das du als falsch erachtest?"

„Ich bin mir nicht sicher, ob es falsch ist", gab Anakin zurück. Der Rat musste ihm nicht bekannte Gründe haben, um ihn als Spion auf den Kanzler anzusetzen. *Doch sie wollten mir diese Gründe nicht verraten.* Ein Gefühl der Kälte und Härte verdichtete sich in ihm. *Was wäre, wenn wir wirklich nicht auf der richtigen Seite sind?*

„Haben Sie dich darum gebeten, den Jedi-Kodex zu verraten?", fragte Palpatine. „Die Verfassung? Eine Freundschaft? Deine eigenen Werte?"

Anakin schluckte schwer, anstatt etwas zu sagen.

„Denk nach", forderte Palpatine ihn auf. „Ziehe ihre Motive in Betracht. Nimm Abstand von Vermutungen. Die Angst, Einfluss zu verlieren, ist eine Schwäche sowohl der Jedi als auch der Sith."

Anakin konnte ihn kaum noch hören. Er war ein Jedi. Und das war das Einzige, was er jemals erreichen wollte, der einzige Traum, den er jemals gehabt hatte. *Ich wollte der beste Jedi aller Zeiten werden!* Manchmal fiel es ihm schwer, dem Kodex gerecht zu werden. *Als ich Dooku umbrachte.* Er hatte immer gedacht, dass es für ihn schwerer als für andere Jedi war, weil er die Ausbildung so spät begonnen hatte, aber was wäre, wenn das überhaupt nicht das Problem war? Was wäre, wenn überhaupt *niemand* dem Kodex Folge leistete? Er bemerkte plötzlich, dass er sich mit einer Vehemenz, die ihn überraschte, eine von Obi-Wans strengen Standpauken über die Bedeutung des Jedi-Kodex' wünschte. *Ich werde mit Obi-Wan später darüber reden*, beschloss er. Vielleicht konnte Obi-Wan dem Ganzen einen Sinn geben. Irgendwie.

Der Kanzler hatte sich wieder der Vorstellung zugewandt. Nach einem kurzen Augenblick fragte er: „Kennst du die Legende von Darth Plagueis, dem Weisen?"

„Nein." Der Themenwechsel kam ihm wie gerufen. Anakin wollte nicht über die Jedi reden. Er war viel zu durcheinander.

„Das hatte ich auch nicht angenommen", sagte Palpatine. Er lehnte sich zurück und beobachtete Anakin in dem Dämmerlicht. „Es ist keine Geschichte, die die Jedi dir erzählen würden. Es ist eine Sith-Legende. Darth Plagueis war ein Dunkler Lord der Sith. Er besaß eine solch große Kenntnis der

Dunklen Seite, dass er sogar den Tod seiner Nächsten verhindern konnte."

Padmé! Anakin vergaß sofort den Rat der Jedi, das Spionieren, Obi-Wan und den Kodex. „Er konnte tatsächlich jemanden vor dem Tod bewahren?", fragte er.

„Die Dunkle Seite ist ein Weg zu vielen Fähigkeiten, die andere als unnatürlich ansehen", gab Palpatine leise zurück.

Anakin, dem plötzlich wieder einfiel, wo sie sich befanden, senkte ebenfalls die Stimme. „Was geschah mit ihm?"

„Unglücklicherweise brachte er seinem Schüler alles bei, was er wusste – und der Schüler brachte ihn im Schlaf um." Palpatine zeigte ein schwaches Lächeln. „Es liegt eine gewisse Ironie darin, dass er andere vor dem Tod bewahren konnte, aber nicht sich selbst."

Anakin musste daran denken, wie er sich über seine sterbende Mutter gebeugt hatte. Er hatte gewusst, dass es eine Möglichkeit gegeben hatte, ihr Leben zu retten, hatte aber nicht gewusst, wie diese Möglichkeit aussah. *Ich wusste, dass die Macht den Tod eines anderen verhindern kann! Ich wusste es! Wenn ich herausfinden kann, was dieser Darth Plagueis wusste, kann ich Padmé retten.* Er versuchte, jede Aufregung in seiner Stimme zu verbergen, als er fragte: „Kann man diese Kräfte erlernen?"

„Nicht von einem Jedi", gab Palpatine mit absoluter Entschiedenheit zurück.

Das Ballett war zu Ende. Palpatine stimmte kurz in den Applaus ein, bevor er Anakin ein Zeichen gab, ihm zur Tür zu folgen. Anakin nickte, doch er dachte immer noch über das nach, was Palpatine ihm erzählt hatte. Anakin wusste, dass das Archiv der Jedi eine beachtliche Menge an Informationen über die Sith enthielt, doch der Zugang zu diesen Aufzeichnungen war den Jedi-Meistern vorbehalten. *Und ich bin kein Meister.* Wütend und entschlossen presste er seine Lippen zusammen. *Aber das ist mir gleichgültig. Irgendwie werde ich herausfinden, wie man das tut, was Darth Plagueis tat. Ich werde Padmé retten. Ich werde alles tun, um sie zu retten.*

Alles.

Yodas lange Ohren sanken herab, als er Mace Windus Hologramm ansah. Der hohe Jedi hatte seine Meinung noch nicht geändert. Wenn der Kanzler nach General Grievous' Vernichtung den Krieg nicht beendete, musste er festgenommen werden, denn das wäre der beste Beweis für die wahren Absichten Palpatines, den sie bekommen konnten.

„Besorgt deswegen ich bin“, sagte Yoda zu dem Bild.

„Meister Yoda, ich brauche Eure Stimme.“ Meister Windu klang verzweifelt. „Wir können nicht mehr länger warten. Der Kanzler verhält sich bereits verdächtig.“

Yoda zog die Augenbrauen zusammen. „Mehrere Jedi brauchen Ihr werdet, um die Verhaftung durchzuführen.“

„Ich habe drei unserer Besten ausgewählt, Meister.“ Mace klang, als würde es ihm schwer fallen, seine Geduld zu wahren. Yoda unterdrückte ein Schnauben. Meister Windu war nicht gerade für seine Geduld bekannt.

„Gerissen Palpatine ist“, sagte Yoda. „Überraschen er sich nicht wird lassen.“

„Also unterstützt Ihr meinen Plan?“

Yoda zögerte. *Zuhört er nicht. Aber etwas unternehmen wir müssen, sonst zu spät es ist.* „Meine Stimme Ihr habt. Möge die Macht mit Euch sein.“

„Danke, Meister."

Als das Hologramm verblasste, hörte Yoda hinter sich einen Aufruhr. Er drehte sich um und sah, wie zwei Wookiees den Commander der Klone aufhielten. „Lasst ihn durch, Chewbacca", sagte Yoda.

Der Klon-Commander salutierte und trat ein. „Die Klone stehen in Position", informierte er sie.

Zeit es ist, an die Gegenwart zu denken. Yoda nickte und ging auf den Balkon hinaus, von wo er und der Commander den kommenden Kampf beobachten und kommandieren konnten. Yodas lange Erfahrung ermöglichte es ihm, sich auf die Anforderungen der Gegenwart zu konzentrieren, doch das Problem mit dem Kanzler schmerzte wie eine Wunde in den Tiefen seiner Gedanken. Was würde geschehen, wenn sie General Grievous fanden und ihn endlich vernichten würden?

Kapitel 10

Anakin fällt es schwer, sich an seine neue Position zu gewöhnen, dachte Obi-Wan, als er mit seinem ehemaligen Schüler zur Landebucht ging. Anakin hatte dem Rat sofort die Nachricht des Kanzlers überbracht: General Grievous befand sich auf Utapau. Doch Anakin war nicht glücklich, dass der Rat Obi-Wan allein losschicken wollte, um den Angriff zu leiten. *Er braucht Zeit, das ist alles. Dem Rat beizutreten, ist eine enorme Veränderung.*

Es half auch nichts, dass Kanzler Palpatine Anakin für diese Position vorgeschlagen hatte. *Ist dem Kanzler denn nicht klar, wie unangenehm es Anakin sein muss, in den Rat zu kommen und zu sagen: „Der Kanzler möchte, dass ich den Angriff anführe." Er lässt ihn arrogant erscheinen, selbst wenn er nur die Bitte des Kanzlers weiterleitet.* Doch der Kanzler hätte höchstwahrscheinlich wenig Interesse daran, sich Obi-Wans Ratschläge anzuhören, wie er Anakin behandeln sollte.

Als sie auf der Plattform über der Landebucht ankamen, brach Anakin endlich das Schweigen. „Ihr werdet mich hierbei brauchen, Meister", sagte er.

„Dem stimme ich zu", gab Obi-Wan zurück. Als sie den Kanzler gerettet hatten, war Grievous zu schnell für sie beide gewesen. Wie also sollte Obi-Wan den Droiden-General allein schlagen können? Er zwang sich zu einem Lächeln. „Wahrscheinlich wird es eine wilde Verfolgungsjagd", sagte er und redete damit nicht nur Anakin Zuversicht ein, sondern auch sich selbst.

Anakin wollte etwas sagen, doch dann hielt er inne. Obi-Wan wartete einen Augenblick ab. Doch als Anakin nichts mehr sagte, drehte er sich um. Die Tausende von Klonkriegern brauchten keine Aufsicht beim Einstieg in das Transportschiff, doch es war nie ein Fehler, sich zu versichern.

„Meister!"

Obi-Wan blieb stehen und sah sich um. Anakin kam zu ihm und verneigte sich entschuldigend.

„Meister", sagte Anakin noch einmal, „ich habe Euch enttäuscht. Ich war arrogant. Ich habe mich nie sonderlich dankbar für Eure Ausbildung gezeigt. Dafür möchte ich mich entschuldigen. Es ist nur so, dass mich die Sache mit dem Rat so sehr frustriert. Doch Eure Freundschaft bedeutet mir alles."

Jetzt gewann alle Liebe, die Obi-Wan für seinen schwierigen, talentierten, dickköpfigen Schüler empfand, die Oberhand. Anakin mochte seine Fehler haben, doch er war ein guter Mensch. Er offenbarte sich doch immer wieder. Obi-Wan legte Anakin lächelnd eine Hand auf die Schulter. „Du bist weise und stark, Anakin. Ich bin sehr stolz auf dich." Ein wenig beschämt wegen der Tiefe seiner Gefühle fügte er noch eine etwas weniger bedeutungsschwere Anmerkung an. „Das ist das erste Mal, dass wir getrennt arbeiten. Und hoffentlich das letzte Mal."

Anakin nickte. Obi-Wan, der sich jetzt um einiges glücklicher fühlte, ging die Rampe zu den Klontruppen hinunter. Dann wurde ihm auf einmal klar, was er gerade gesagt hatte, und er erkannte, dass Anakin sich genauso viele Sorgen um ihn machte, wie er sich um Anakin. Er drehte sich wieder um.

„Keine Sorge", sagte er. „Ich habe genügend Klone dabei, um drei Systeme von der Größe Utapaus einzunehmen." Er deutete auf die Reihen der weiß gepanzerten Klone dort unten und lächelte. „Ich glaube, ich werde Herr der Lage – auch ohne deine Hilfe."

„Na ja, es gibt immer ein erstes Mal", gab Anakin zurück. Sein Grinsen wirkte etwas erzwungen, doch in seinem Tonfall war das Schlitzohr zu vernehmen, das Anakin auch war.

Obi-Wan lachte: „Auf Wiedersehen, alter Freund. Möge die Macht mit dir sein."

„Möge die Macht mit Euch sein", gab Anakin zurück. Er klang ernst – beinahe düster.

Als Obi-Wan zum wartenden Sternenkreuzer ging, beschlich ihn ein Gefühl der Unruhe. *Das ist eine ganz normale Mission*, sagte er sich. *Ich werde in ein oder zwei Wochen zurück sein. Wenn Anakin etwas auf dem Herzen hat, können wir dann noch immer darüber reden.*

Doch aus irgendeinem Grund hatte er das Gefühl, sich gerade endgültig von seinem besten Freund und ehemaligen Schüler verabschiedet zu haben.

Anakin sah zu, bis der letzte Klonkrieger an Bord des Sternenkreuzers gegangen war. Erst als das Schiff abhob, verließ er den Landebereich. Er fühlte sich leer und ohne Halt, so als hätte er einen Anker verloren. *Und ich habe nicht mit Obi-Wan über den Rat der Jedi geredet.*

Ohne bewusst darüber nachzudenken, ging Anakin zu Padmés Unterkunft. Obwohl sie seit fast zehn Jahren überwiegend auf Coruscant lebte, herrschte in ihrem Räumen der Frieden und der Komfort ihres Heimatplaneten Naboo. Diese Ruhe und Behaglichkeit brauchte er jetzt.

Sie hat es allerdings immer noch zu kalt hier, dachte er, als er eintrat. Er lächelte. Das war ein alter Streitpunkt zwischen ihnen. Sein Heimatplanet Tatooine war ein Wüstenplanet, und obwohl er sich mittlerweile an die unterschiedlichen Klimabedingungen vieler Welten der Republik gewöhnt hatte, fühlte er sich doch wohler als die meisten anderen Wesen, wenn es etwas wärmer war.

Er entspannte sich ein wenig, als er eine Begrüßung in den Raum rief und sich setzte, um an seinem Bericht für den Rat zu arbeiten. Das war ihm das Wichtigste: Dieser Ort, an dem er immer willkommen war und geliebt wurde. An dem er er selbst sein konnte, einfach nur Anakin Skywalker, der aß, schlief und seine Frau küsste wie jedes andere normale Wesen. Hier hatte er ein Zuhause.

Er hörte, wie Padmé hinter ihm in den Raum trat. Doch mit ihr kamen die schwachen Reste einer vertrauten Gegenwart. Anakin senkte sein Datapad. „Obi-Wan war hier, habe ich Recht?"

„Er kam heute Morgen", gab Padmé zurück.

Das muss kurz vor der Ratssitzung gewesen sein, dachte Anakin. *Weshalb hat er mir nichts davon gesagt?* „Was wollte er?"

„Er macht sich Sorgen um dich."

Weshalb ging Obi-Wan zu Padmé, wenn er sich Sorgen um ihn machte? Es sei denn … „Du hast ihm von uns erzählt, habe ich Recht?" Anakin konnte seinen Ärger nicht verbergen.

Padmé warf ihm einen Blick zu und ging ins Schlafzimmer.

Anakin folgte ihr und wartete. „Er ist dein bester Freund, Anakin“, sagte sie schließlich. „Er sagte, du stündest unter großem Stress.“

„Und er etwa nicht?“

„Du warst in letzter Zeit oft launisch.“

„Ich bin nicht launisch!“ Er schleuderte ihr die Worte entgegen und wünschte sich, er könnte sie auch Obi-Wan ins Gesicht schreien. *Sie führen sich auf, als wäre ich ein kleines Kind.*

„Anakin!“ Padmé sah ihn mit einer müden Traurigkeit an, die ihm einen Stich versetzte. „Tu das nicht noch einmal.“

Anakin wandte sich ab und fragte sich, wie er ihr alles erklären sollte. *Ich habe einen wehrlosen Gefangenen getötet, gegen den Jedi-Kodex. Der Rat bat mich, den Kanzler auszuspionieren, ebenfalls gegen den Kodex. Der Kanzler behauptet, der Rat der Jedi wolle die Republik übernehmen. Der Rat ist der Meinung, der Kanzler hätte zu viel Macht. Ich weiß nicht mehr, wem ich noch glauben oder vertrauen soll. Und ich habe so viel Angst, dich zu verlieren, dass ich nicht mehr richtig denken kann und mir alles andere gleichgültig wird.* „Ich weiß auch nicht“, sagte er schließlich. „Ich fühle mich so ... verloren.“

„Verloren?“ Padmé sah ihn ebenso überrascht wie besorgt an. „Du bist doch immer so selbstsicher. Ich verstehe dich nicht.“

„Obi-Wan und der Kanzler vertrauen mir nicht.“ *Und ich bin mir auch nicht sicher, ob ich ihnen vertrauen kann.*

Padmé schüttelte den Kopf. „Sie vertrauen dir mit ihrem Leben. Obi-Wan liebt dich wie einen Sohn.“

Obi-Wan vielleicht. Aber er ist weg, auf der Jagd nach Ge-

neral Grievous. Er versuchte es noch einmal. „Irgendetwas geschieht. Ich bin nicht der Jedi, der ich sein sollte." Padmé schüttelte wieder den Kopf, doch Anakin hob die Hand, bevor sie etwas sagen konnte. „Ich bin einer der mächtigsten Jedi, und doch bin ich nicht zufrieden. Ich will mehr, obwohl ich weiß, dass ich das nicht sollte."

„Du bist nur ein Mensch, Anakin", sagte Padmé sanft zu ihm. „Niemand verlangt mehr von dir."

Doch, das tun sie. Und ich auch. Deshalb hatte Obi-Wan ihm auch andauernd etwas von Stolz, Ambitionen und Neid erzählt. Und er hasste diese Vorträge so sehr, weil er wusste, dass Obi-Wan Recht hatte. Ein Jedi-Ritter sollte keine solchen Gedanken haben. Anakin schloss die Augen. Er hätte wissen müssen, dass Padmé das alles nicht verstand. Sie war keine Jedi.

Doch sie war die Mutter seines Kindes. Anakin spürte, wie ihn bei dem Gedanken daran Angst und Vorfreude zugleich überkamen. „Ich habe einen Weg gefunden, dich zu retten", sagte er.

„Mich zu retten?"

„Aus meinen Albträumen."

Padmé lächelte sanft. „Ist es das, was dich so beschäftigt?"

„Ich werde dich nicht verlieren, Padmé."

„Ich werde nicht bei der Geburt sterben, Anakin", sagte sie leise. „Das verspreche ich dir."

„Nein, ich verspreche es *dir!*" Er gab ihr dieses leichtfertige Versprechen, obwohl er noch nicht die Kräfte besaß, es einzulösen. Kanzler Palpatine mochte vielleicht denken, dass die Geschichte von Darth Plagueis nur eine Legende war, doch Anakin wusste, dass sie wahr war. Er konnte es fühlen. Und

Eine halsbrecherische Mission zur Rettung Kanzler Palpatines.

R2-D2 unterstützt Anakin bei seinem waghalsigen Einsatz.

Buzz Droiden demontieren Obi-Wans Jäger.

Anakin schneidet ein Loch in die Decke des Aufzugs, als sich die beiden Jedi ihren Weg zu Palpatine frei kämpfen.

Anakin: „Meine Kräfte haben sich verdoppelt, seit wir uns das letzte Mal begegnet sind, Count!"

R2-D2 liefert sich eine ‚Rutschpartie' mit Superkampfdroiden.

Gelingt es General Grievous, Palpatine und die beiden Jedi festzuhalten?

General Grievous: 95 % Droide – 100 % Böse.

Die Jedi machen eine spektakuläre Bruchlandung.

Anakin erwacht aus einem schrecklichen Alptraum.

Kann Yoda Anakin noch helfen?

... oder übernimmt das Kanzler Palpatine?

Anakin und Padmé teilen eine große Liebe ...
... und ein kleines Geheimnis.

Obi-Wan erhält wichtige Informationen von Tion Medon auf Utapau.

Obi-Wan und Grievous im tödlichen Duell!

Saesee Tiin, Eeth Koth, Mace Windu und Kit Fisto wollen Kanzler Palpatine festnehmen.

Die Klontruppen rebellieren gegen ihre Jedi-Generäle auf Felucia

Die Wookiees organisieren den Widerstand auf Kashyyyk ...

... unter ihnen ein Wookiee namens Chewbacca.

C-3POs Schaltkreise verraten ihm, dass irgendetwas nicht stimmt.

Anakin ist auf dem Weg nach Mustafar, um den Rat der Separatisten auszulöschen.

Die Dunkle Seite der Macht hat Anakin fest im Griff. Obi-Wan Kenobi muss zum entscheidenden Duell gegen seinen ehemaligen Schüler antreten.

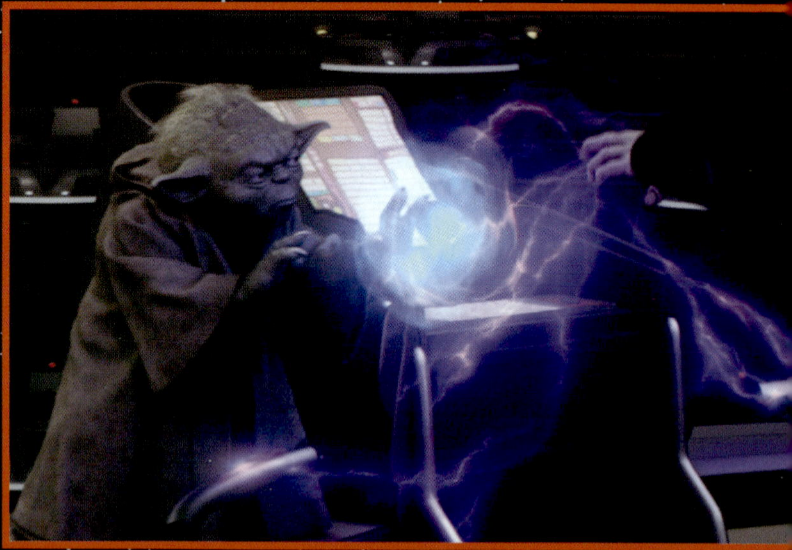

Der Großmeister der Jedi trumpft auf!

Der Dunkle Lord der Sith ist geboren: Darth Vader.

Obi-Wan übergibt den kleinen Luke an
Beru Lars auf Tatooine.

Die Galaxie sehnt sich nach einer neuen Hoffnung.

wenn Darth Plagueis das Geheimnis hatte entdecken können, dann konnte er es auch. Er hatte noch die Zeit dazu. „Ich werde mächtig genug werden, um dich vor dem Tod zu bewahren."

Padmé sah ihn eindringlich an. „Du brauchst nicht mehr Kräfte, Anakin", sagte sie langsam und ernst. „Ich glaube, du kannst mich, so wie du bist, vor allem beschützen."

Das werde ich tun, dachte Anakin, als er sie in den Arm nahm. *Ich werde dich beschützen.* Was auch immer dafür nötig ist.

Kapitel 11

Obi-Wan dachte auf dem gesamten Weg nach Utapau darüber nach, wie General Grievous wohl am besten aufzuspüren und zu vernichten war. Wenn sie sich den Weg freisprengten, würde Grievous nur wieder davonlaufen – der Droiden-General achtete immer darauf, ein Fluchtschiff in der Nähe seiner Kommandozentrale zu haben. Vielleicht war er nicht einmal bei seiner Armee. Seine Kommandozentrale könnte in einem Teil des Utapau-Systems versteckt sein, während sich seine Droiden in einem anderen Teil zum Angriff sammelten.

Daher beschloss Obi-Wan, seine Klontruppen im All zu lassen und das System still und leise allein zu durchsuchen. So konnte er sicherstellen, dass seine Streitkräfte am richtigen Ort zuschlagen würden.

Commander Cody nahm den Befehl ohne Diskussion an, so wie immer. Die Klone waren genetisch als Befehlsempfänger manipuliert, daher brauchte auch jede große Offensive einen Jedi als General. Obwohl Obi-Wan schon seit Jahren mit den Klonen arbeitete, bedrückte ihn ihre Bereitschaft, jedem auch noch so sinnlosen Befehl Folge zu leisten. Freie Wesen sollten nicht so … gehorsam sein.

Obi-Wan schnaubte. Wie oft hatte er sich über Anakins Unabhängigkeit und eigensinnige Art beschwert? Und jetzt stand er hier und machte sich Sorgen darüber, dass seine Klone *zu* folgsam waren. Anakin würde sich tot lachen, wenn er gewusst hätte, was sein Meister dachte.

Der Planet Utapau sah friedlich aus – zumindest aus Obi-Wans Sicht, als er in seinem Jäger darüber hinwegflog. Er fand keinerlei Anzeichen der Droiden-Armee, und die riesigen Städte in den Vertiefungen lagen ruhig da. Er hatte auch nicht erwartet, General Grievous einfach herumstehen zu sehen, und Utapau war offensichtlich ein neutraler Planet. Obi-Wan musste zusehen, dass er auftankte und den Rest des Systems durchsuchte.

Eine Landung zu arrangieren, stellte kein Problem dar. Es kam sogar ein besorgt aussehender Offizieller zum Schiff, um Obi-Wan zu begrüßen. Obi-Wan verneigte sich höflich vor dem Mann. „Ich hätte mit Eurer freundlichen Genehmigung gern etwas Treibstoff und würde Eure Stadt gern als Basis für die Durchsuchung der umliegenden Systeme benutzen."

Der Offizielle machte ein Handzeichen, und sofort kam eine Bodencrew heran, um sich um den Raumjäger zu kümmern. „Wonach sucht Ihr?", fragte er wie beiläufig.

„Nach einer Droiden-Armee", gab Obi-Wan zurück. „Angeführt von General Grievous."

Der Utapauaner schwieg einen Augenblick. Dann beugte er sich zur Seite, so als inspizierte er die Unterseite von Obi-Wans Jäger. Die Bewegung brachte ihn näher an Obi-Wans Gesicht und verbarg sein eigenes vor den Fenstern weiter oben. „Grievous ist hier", sagte der Offizielle sehr leise. „Wir sind seine Geiseln. Sie beobachten uns."

„Ich verstehe", gab Obi-Wan genauso leise zurück. Ihm war klar, dass die Droiden Tausende unschuldiger Zivilisten abschlachten würden, wenn er nur eine falsche Bewegung machte. Kein Wunder, dass der Offizielle besorgt war!

„Auf der zehnten Ebene", flüsterte der Utapauaner, bevor er sich wieder aufrichtete. Obi-Wan nickte und ging zurück zu seinem Raumjäger. Er bückte sich und ließ es so aussehen, als würde er sich etwas näher ansehen, das ihm der Utapauaner gezeigt hatte. Dann stieg er wieder in den Jäger ein.

Als die Bodencrew ihre Arbeiten abgeschlossen hatte, baute Obi-Wan einen sicheren Kommunikationskanal zu seinen Klontruppen auf. „Ich habe General Grievous gefunden", sagte er zu seinem Commander. „Erstattet sofort dem Rat der Jedi Bericht. Ich bleibe hier."

Er beendete die Verbindung, gab seinem R4-Droiden ein paar schnelle Anweisungen und schlich sich unauffällig auf der anderen Seite des Cockpits aus dem Raumjäger. Als das Schiff abhob, stand er im Schatten neben dem Durchgang zur Stadt. *Jetzt muss ich nur noch auf die zehnte Ebene kommen und Grievous überwältigen.*

Dorthin zu gelangen war um einiges einfacher, als er erwartet hatte. Die Treppen waren zwar blockiert und die Aufzüge abgeschaltet, doch niemand schien sich die Mühe gemacht zu haben, die offenen Mauern der großen Grube zu überwachen. Obi-Wan musste nur eine der riesigen Echsen finden, die die Utapauaner als Reittiere benutzten. Die Echsen konnten die Mauern mit Leichtigkeit hochklettern, und schon bald ritt Obi-Wan über die Kante der zehnten Ebene hinweg und machte sich dort auf die Suche nach der Kontrollzentrale.

Er fand sie, nachdem er ungefähr ein Viertel des Umfangs der großen Bodenvertiefung hinter sich gelassen hatte. Die Horden von Kampf-Droiden allein hätten die Halle schon auffällig genug gemacht, auch wenn General Grievous nicht mit Mitgliedern des Separatisten-Rates auf der anderen Seite gestanden hätte. Das war eine unerwartete Komplikation. Obi-Wan konnte es nicht mit allen gleichzeitig aufnehmen, ganz zu schweigen von ihren hervorragenden Leibwächtern, und vor allem nicht allein. Aber wenn er sich nahe genug heranschleichen konnte, um zu hören, was Grievous und die Separatisten besprachen, dann würde er vielleicht etwas von ihren Plänen erfahren. Er stieg von der Echse ab und schob sich einen langen, schmalen Gang an der Wand entlang. Er hoffte, dass er ihre Gespräche hören konnte, wenn er nahe genug herankam.

General Grievous betrachtete den Rat der Separatisten voller Abscheu – die Neimoidianer Nute Gunray und Rune Haako, die die Handelsföderation vertraten; Erzherzog Poggle der Geringere, der ziemlich wild drein sah; Shu Mai, San Hill, Wat Tambor und die anderen. Grievous war nicht zum ersten Mal dafür dankbar, dass sein glattes Metallgesicht keine Emotionen wiedergeben konnte. Es wäre nicht gut gewesen, wenn diese Wesen geahnt hätten, wie sehr er sie verabscheute.

Der Rat war beunruhigt. Wenn er sie wieder reden ließ, würde er noch den ganzen Tag hier stehen. Sie hatten bereits zu viel Zeit damit verschwendet, Fragen zu stellen und mit düsteren Mienen Alternativen zu diskutieren. Es war an der Zeit, sie zu Handlungen zu bewegen. „Es wird nicht mehr lange dauern, bis die Armeen der Republik uns hier aufspüren", sagte Grievous geradeheraus. „Macht Euch auf den Weg zum Mustafar-System im Outer Rim. Dort seid Ihr in Sicherheit."

Nute Gunray glotzte Grievous fassungslos an. Seine großen, wulstigen Augen verliehen ihm etwas Froschhaftes. „In Sicherheit?", spie er aus. „Kanzler Palpatine entkam Eurer Obhut, General. Ich bezweifle Eure Fähigkeiten, unsere *Sicherheit* gewährleisten zu können."

Von den anderen Ratsmitglieder war zustimmendes Gemurmel zu vernehmen. Grievous richtete sich zu seiner vollen Größe auf und warf seinen Kopf in Richtung des ungehaltenen Neimoidianers. „Ihr könnt froh sein, Vizekönig, dass *Ihr* Euch nicht in meiner Obhut befindet", sagte er mit bedrohlich leiser Stimme. Gunray sackte zusammen, und das Murmeln verstummte abrupt. Grievous ließ einen Augenblick verstreichen, um sicherzustellen, dass die Lektion angekommen war. „Euer Schiff wartet", sagte er zu der Gruppe.

Der Rat der Separatisten konnte es kaum erwarten, aufzubrechen. Grievous stand bedrohlich regungslos da, als die Ratsmitglieder davoneilten und nervöse Blicke zurück in seine Richtung warfen. *Es bedarf so wenig, um normalen Wesen Angst einzujagen*, dachte er. *Und Angst ist etwas so Nützliches …*

Jetzt musste er nur noch auf Utapau bleiben, bis der lästige Jedi in die Falle tappte. Und mit etwas Glück würde das nicht mehr lange dauern.

Als sich der Rat der Separatisten davon machte, blieb Obi-Wan still und leise in der Hoffnung zurück, dass ein paar hundert der Kampf-Droiden ebenfalls verschwinden würden. Doch keiner von ihnen rührte sich. *Also dann*, dachte Obi-Wan. Er wartete noch einen Augenblick und konzentrierte sich auf die Macht. Dann nahm er seinen Umhang ab, sprang hinunter und landete genau vor General Grievous.

Das glatte Metallgesicht des Droiden-Generals offenbarte

natürlich keinerlei Regung, doch seine Stimme zeigte Verwunderung. „Ich finde Euer Verhalten eigenartig", sagte er. „Euch muss doch klar sein, dass Ihr verloren seid."

„Ich habe zwei komplette Legionen bei mir", gab Obi-Wan zurück. „Und dieses Mal werdet Ihr nicht entkommen."

Grievous machte ein Zeichen, und seine vier Leibwächter traten mit wirbelnden Energiestäben nach vorn.

Obi-Wan duckte sich und zündete sein Lichtschwert. Es war eine Finte, mit der er die Aufmerksamkeit der Droiden auf seine Waffe lenkte, während er mit Hilfe der Macht ein großes, rechteckiges Stück Durastahl von der Decke riss.

Die Taktik funktionierte besser, als er erhofft hatte. Drei der Wächter wurden sofort zerquetscht; der vierte wurde teilweise festgenagelt und mühte sich vergeblich weiter, seinen Gegner zu erreichen. Obi-Wans Lichtschwert hackte ihn mit Leichtigkeit entzwei, als der Jedi einen Satz auf General Grievous zu machte.

Noch mehr Droiden kamen in den Raum, doch General Grievous scheuchte sie mit einer Geste weg. Er warf seinen Mantel nach hinten und gab den Blick auf die Lichtschwerter der Jedi frei, die er getötet hatte. Er nahm zwei davon in jede Hand. *Was hat er vor?*, fragte sich Obi-Wan, doch im gleichen Augenblick teilten sich die Arme des Droiden-Generals der Länge nach und der Jedi sah sich einem vierarmigen Gegner mit einem Lichtschwert in jeder Hand gegenüber.

„Count Dooku brachte mit die Künste der Jedi bei", sagte Grievous und griff an. Er schwenkte zwei der Lichtschwerter wie tödliche Kreissägen und schlug mit den anderen beiden zu, wann immer er eine Lücke fand.

Es war beinahe so, als kämpfte Obi-Wan gegen vier verschiedene Gegner gleichzeitig. Sein Lichtschwert war nur noch ein verwischter Leuchtstreifen, als er rasend schnell blockte und parierte. Er wusste, dass er das nicht lange durchhalten würde. *Zeit für eine andere Herangehensweise.* Er machte einen Satz über den General hinweg und landete auf dessen anderer Seite.

Grievous musste sich nicht einmal umdrehen – er rotierte einfach seinen mechanischen Oberkörper, bis er in die andere Richtung zeigte. Doch auch das kostete ihn Zeit und schwächte seinen Angriff einen Augenblick – aber lange genug für Obi-Wan. Sein Lichtschwert traf ins Ziel, und zwei der vier Arme des Generals fielen zu Boden, die gestohlenen Lichtschwerter immer noch in den Händen.

Bevor Grievous sich an die neue Situation anpassen und mit den beiden verbliebenen Lichtschwertern angreifen konnte, griff Obi-Wan nach der Macht. Er hob Grievous in die Luft und schleuderte ihn gegen einen der Träger, die die nächst höhere Ebene stützten. Der Aufprall riss dem General die Lichtschwerter aus den Händen. Sie landeten auf dem Boden der Kommandozentrale, während Grievous über den Rand des Bodens hinaus rutschte und auf die nächste Ebene hinunter fiel.

Dann war der Raum plötzlich von Blaster-Feuer erfüllt. Die Klontruppen waren angekommen und hielten die Kampf-Droiden in Schach. Obi-Wan rannte gerade noch rechtzeitig zum Rand der Ebene, um zu sehen, wie Grievous zu einem Einmann-Radgleiter krabbelte. *Ich wusste es! Er hat ein Fluchtschiff in der Nähe und er glaubt, er kann es erreichen, während mich diese Droiden hier beschäftigen! Aber dieses Mal nicht.*

Obi-Wan lenkte in einem Lichtgewitter eine heftige Salve

Blaster-Schüsse auf die Droiden zurück und pfiff seine Reitechse herbei. Im gleichen Augenblick warf der General seinen Radgleiter an und schoss davon. Die Echse sprang herunter und landete auf einem Kampf-Droiden. Obi-Wan sprang auf und hängte sich Grievous an die Fersen.

Anakins Miene war finster, als er durch die Gänge des Senatsgebäudes eilte. Es sollten gute Neuigkeiten sein, die er Kanzler Palpatine überbrachte, doch es beunruhigte ihn, wie Meister Windu während der Ratssitzung gesprochen hatte. *Der Klon-Commander sagte, Obi-Wan hätte General Grievous gefunden.* Die Hologrammübertragung war dieses Mal absolut klar und deutlich gewesen, ohne die Aussetzer und das Flackern, das von Störsendern oder anderen Interferenzen herrührte. Anakin hatte sogar die Klontruppen im Hintergrund gesehen, die sich auf den Angriff vorbereiteten.

Er hatte erwartet, dass die anderen Ratsmitglieder Erleichterung zeigten, doch stattdessen hatten sie finstere Gesichter und hintersinnige Bemerkungen gemacht, man müsse jetzt die Reaktion des Kanzlers auf diese Neuigkeit beobachten. *Der Krieg wird bald vorüber sein. Natürlich wird er sich freuen! Was sonst erwarten sie?*

Doch Kanzler Palpatine nahm die Nachricht mit der gleichen ernsten Miene zur Kenntnis wie die Ratsmitglieder. „Den Droiden-General zu finden, ist nicht gleichbedeutend mit seiner Vernichtung“, murmelte Palpatine. „Wir können nur hoffen, dass Meister Kenobi dieser Herausforderung gewachsen ist.“

„Ich sollte bei ihm sein“, sagte Anakin.

„Es bestürzt mich, dass der Rat deine Talente nicht voll und ganz zu schätzen weiß“, fuhr der Kanzler fort. „Fragst du dich denn nicht, warum sie dich nicht zum Jedi-Meister ernennen?"

„Ich wünschte, ich wüsste es." Anakin schüttelte den Kopf. „Ich weiß, dass es Dinge über die Macht gibt, die sie mir nicht erzählen."

„Sie vertrauen dir nicht, Anakin." Palpatine hielt inne. „Sie wollen die Kontrolle über den Senat übernehmen."

„Das stimmt nicht", sagte Anakin wie automatisch. Jedi suchten nicht nach Einfluss. *Aber wenn sich der Rat der Jedi nichts aus Einfluss macht, weshalb ist er dann so besorgt wegen des Kanzlers?*

„Bist du dir sicher? Was ist, wenn ich Recht habe und sie ein Komplott zur Übernahme der Republik schmieden?" Kanzler Palpatine schüttelte in milder Verbitterung den Kopf. „Anakin! Durchbrich den Schleier aus Lügen, den die Jedi erschufen! Lass mich dir helfen, die wahren Wege der Macht zu lernen!"

Anakin lief es kalt den Rücken hinab. Palpatine war kein Jedi. „Woher wisst Ihr von den Wegen der Macht?"

„Mein Mentor brachte mir alles bei", gab Palpatine ruhig zurück. „Selbst das Wesen der Dunklen Seite."

„Ihr kennt die Dunkle Seite?" Anakin war einen Augenblick wie versteinert, als ihm die ganze Bedeutung dieser Worte klar wurde. „Ihr seid ein Sith-Lord!", sagte er und zündete sein Lichtschwert.

Kapitel 12

Kanzler Palpatine, dessen Sith-Name Darth Sidious war, sah den wütenden Jedi mit dem Lichtschwert ruhig an. Dies war der Zeitpunkt, auf den alle Pläne und Intrigen der letzten Jahre hingeführt hatten. „Ja, ich bin ein Sith-Lord", sagte er zu Anakin. Und als der sein Lichtschwert hob, fügte Palpatine sanft hinzu: „Und ich bin auch derjenige, der Republik in diesen schwierigen Zeiten zusammengehalten hat. Ich bin nicht dein Feind, Anakin."

Er spürte Anakins wachsende Verwirrung und unterdrückte ein Lächeln. Diese Jedi glaubten, dass alle Sith-Lords wie seine Schüler waren, wie Darth Maul oder Darth Tyranus – bereit, ein Lichtschwert zu zücken, sobald man sie entdeckt hatte. Dabei war ein Lichtschwert eine solch *offensichtliche* Waffe. Worte waren viel besser. Mit einem Lichtschwert konnte man sein Gegenüber nur umbringen. Mit Worten konnte man seine Gedanken beeinflussen, damit er einem half, anstatt gegen einen zu kämpfen. Das war *wahre* Macht.

Und Anakin hörte ihm zu. Jetzt war es Zeit für den letzten Schritt, der Anakin endlich auf die Dunkle Seite ziehen würde. Palpatine nahm einen lehrerhaften Ton an. „Anakin, wenn man ein großes Mysterium ergründen möchte, dann muss man alle Seiten studieren, und nicht nur die dogmatische, engstirnige Sichtweise der Jedi. Wenn du ein vollkommener und weiser Anführer werden willst, dann musst du eine breitere Sichtweise der Macht erlangen."

Er machte eine Pause, um seine Worte wirken zu lassen. Dann fuhr er fort, in einem bewusst anderen Tonfall. „Hüte dich vor den Jedi, Anakin. Sie fürchten dich. Und irgendwann werden sie dich vernichten." Er legte ein leichtes Flehen in seine Stimme, so als wäre er der liebevolle Onkel, den er jahrelang vorgegeben hatte zu sein. „Lass mich dich ausbilden, Anakin. Ich werde dir das wahre Wesen der Macht zeigen."

Palpatine sah, dass Anakin den Vorschlag sogar in Erwägung zog, doch dann schüttelte der Jedi den Kopf. „Ich werde keine Marionette in Eurem politischen Spiel sein, Kanzler. Die Jedi sind meine Familie."

Es muss doch einen Weg geben, ihm diese Sicherheit auszutreiben ... ah, natürlich. „Nur durch mich kannst du größere Macht erhalten als jeder andere Jedi. Lerne, die Dunkle Seite der Macht zu beherrschen, Anakin, und du wirst Padmé vor dem sicheren Tod retten können."

„W... wovon redet Ihr?"

„Ich weiß, was dich belastet hat", sagte Palpatine sanft. „Höre auf mich. Nutze mein Wissen – ich flehe dich an!"

„Ich werde kein Sith werden!" Doch Anakins Weigerung war zu beherzt, so als müsse er sich selbst ebenso überzeugen wie Palpatine. „Ich sollte Euch töten!"

Aber du hast mich noch nicht getötet, mein vornehmer junger Jedi, habe ich Recht? Du hast dich bereits gefragt, ob die Jedi-Lehren wahr sind, und jetzt verhalte ich mich nicht so, wie du es von einem Sith-Lord erwarten würdest. Es wird nicht mehr lange dauern, und du wirst dich mir anschließen –

vielleicht nicht jetzt gleich, aber bald. Wenn du die Zeit hattest, dich zu beruhigen und nachzudenken.

Aber ich darf nicht zu voreilig sein, sagte sich Palpatine. Ein einziger falscher Schritt könnte seine ganze sorgfältige Arbeit zunichte machen. „Natürlich solltest du das", stimmte Palpatine Anakin zu. „Nur arbeiten wir beide für dasselbe Ziel – eine bessere Zukunft für die Republik."

„Ihr habt alle getäuscht!"

„Eine schmerzliche Notwendigkeit." Was hatte der Junge nur von ihm erwartet? Dass er damit begann, der ganzen Galaxis zu verkünden, er wäre ein gefürchteter und verhasster Sith-Lord und *dann* versuchte, sich als Kanzler wählen zu lassen? „Die Republik war von innen heraus verfault. Das System musste bis auf die Grundfesten erschüttert werden. Aber niemand, nicht der Senat, nicht die Gerichte, nicht einmal der Rat der Jedi, war in der Lage, irgendetwas zu unternehmen. Ich war der Einzige, der es wagte, den Schweinestall auszuräumen." Die alte Wut und seine volle Überzeugung überkamen ihn, als er sprach, und er spürte Anakins Reaktion auf die Wahrheit seiner Worte.

Er machte eine Pause. *Zeit, in der er nachdenken kann.* Palpatine gab vor, Anakins Lichtschwert zu betrachten. „Wirst du mich töten?", fragte er ruhig, so als wäre er nur aus Neugier interessiert.

„Das würde ich sicher gerne", sagte Anakin wütend.

„Das weiß ich." Palpatine gestattete sich ein Lächeln, als er sich abwandte. „Ich kann deinen Hass *spüren.* Er hilft dir, dich zu konzentrieren, er macht dich stärker. Die Frage ist: Wirst du mich töten, auch wenn das bedeutet, die Galaxis in ewiges Chaos und Leid zu stürzen?"

Anakin hob sein Lichtschwert, doch Palpatines Miene blieb entspannt und desinteressiert. *Wenn ich ihn zu schnell zu weit bringe …* Doch Anakin führte die Bewegung nicht zu Ende. Irgendwann senkte er sein Lichtschwert und sagte: „Ich werde Euch dem Jedi-Rat übergeben."

„Aber du bist dir ihrer Absichten nicht sicher, oder?" Palpatine lächelte beinahe wieder, als Anakin den Blick abwandte. Er würde diesen Kampf schließlich gewinnen. „Ich möchte, dass du über meinen Vorschlag meditierst", sagte er kühl. „Lerne die Macht der Dunklen Seite kennen. Die Macht, Padmé zu retten."

Anakin sah ihn lange an und deaktivierte schließlich sein Lichtschwert. Palpatine ging zu seinem Schreibtisch und setzte sich, so als wäre nichts Außergewöhnliches vorgefallen. Als er die Überraschung in Anakins Augen sah, sagte er: „Ich werde nirgendwo hingehen. Du hast Zeit, über mein Schicksal zu entscheiden." *Und über mein Angebot nachzudenken.*

Als Anakin sich umdrehte und den Raum verließ, fügte Palpatine leise ein paar letzte Worte hinzu. „Vielleicht überlegst du es dir noch einmal und hilfst mir dabei, über die Galaxis zu herrschen. Zum Besten aller." Anakins Jedi-Sinne würden dieses letzte Flüstern hören. Sein Ehrgeiz würde ihn zu Palpatine zurückführen, wenn es nicht seine Angst um Padmé tat.

Und dann würde es wieder zwei Sith-Lords geben – Meister und Schüler.

Sie würden tausend Jahre lang über die Galaxis herrschen.

General Grievous ist ein noch wagemutigerer Pilot als Anakin, dachte Obi-Wan, als seine Echse durch die Tunnels der Stadt hinter dem Radgleiter des Generals her rannte. Die Luft war erfüllt vom Blaster-Feuer der Klontruppen und Kampf-Droiden, und überall flammten Explosionen auf – ganz zu schweigen von den gepanzerten Transportern voller Droiden und Klone, die überall unterwegs waren. Der Radgleiter schoss zwischen ihnen hindurch, als wären sie nicht vorhanden und entging nur knapp einem Zusammenprall nach dem anderen. Was sich ihm in den Weg stellte, wurde niedergewalzt. Obi-Wans Echse hatte Schwierigkeiten, Schritt zu halten.

Ein ungezielter Laserblitz zuckte an Obi-Wans Ohr vorbei, und er griff nach seinem Lichtschwert. Es war nicht mehr da. *Es muss sich gelöst haben, als ich auf die Echse gesprungen bin*, dachte Obi-Wan. *Ich hoffe, Anakin bekommt davon niemals Wind.* Jetzt musste er die Echse so lenken, dass er den Schüssen auswich, anstatt sie mit dem Lichtschwert abzulenken. Er verlor an Boden.

Je tiefer er mit seiner Echse in die Stadt vordrang, desto dichter wurde der Verkehr in den Tunnels. Obi-Wan fiel immer weiter zurück, als er sich zwischen den kämpfenden Droiden und Fahrzeugen hindurchquälen musste. Doch das Durcheinander hielt auch Grievous auf. Obi-Wan sah, wie sein Radgleiter kurz an einer der gebogenen Mauern hochfuhr, um einer Gruppe von Kampf-Droiden auszuweichen, die durch den Tunnel auf sie zu rannten.

Obi-Wan lächelte plötzlich. Seine Echse konnte Dinge, die der Radgleiter des Generals nicht beherrschte. Er jagte die Echse an der Mauer hoch und dann bis an die Decke. Das Tier nutzte seine natürlichen Fähigkeiten, um sich kopfüber an der Mauer festzuhalten, während sich Obi-Wan mit Hilfe der Macht an der Echse festhielt. Da außer ihnen niemand die Decke als Straße benutzte, verloren sie auch keine Zeit mehr im dichten Verkehr. Sie holten schnell auf.

Obi-Wan sah, dass der Tunnel zu einer kleinen Landeplattform führte. Er rammte der Echse die Hacken in die Haut, und das Tier machte sofort einen Satz nach vorn. Jetzt befand er sich auf Grievous' Höhe, nahe genug, um nach ihm zu schlagen – wenn er sein Lichtschwert gehabt hätte. Unglücklicherweise hatte Grievous seinen Energiestab nicht verloren und war ebenfalls nahe genug, um nach Obi-Wan zu schlagen.

Als der Stab auf ihn zukam, packte Obi-Wan blitzschnell zu und zog mit einem Ruck daran. Grievous verlor das Gleichgewicht. Obi-Wan ließ die Macht fließen und sprang von der Echse ab, um den General von seinem Gefährt zu stoßen. Die Taktik hatte Erfolg: Obi-Wan und Grievous fielen zusammen auf den Boden der Landeplattform und der Energiestab flog davon.

General Grievous verschwendete keine Zeit damit, sich nach dem Stab umzusehen, sondern zog sofort einen Blaster hervor. Obi-Wan schlug ihm die Waffe weg, und sie flog ebenfalls unerreichbar davon. Obi-Wan rollte sich über den Boden und schnappte sich den Energiestab. Er war nicht so gut wie ein Lichtschwert, aber besser als nichts.

Sein erster Hieb traf General Grievous voll in den Brustbereich. Obi-Wan holte noch einmal aus und landete einen Treffer auf einem der Arme des Generals. Der Metallarm verbog sich zwar, brach aber nicht ab. Einen Sekundenbruchteil später, selbst für die Reflexe eines Jedi zu schnell, um ausweichen zu können, wurde Obi-Wan von Grievous' anderem Arm getroffen.

Es war, als würde man mit einer Metallstange geschlagen. Obi-Wans Schulter und eine Seite seines Körpers wurden zuerst taub, bevor der Schmerz aufflammte. Der Energiestab segelte wieder durch die Luft, und Obi-Wan schaffte es nur knapp, dem nächsten Schlag auszuweichen. *Das war brutal! So einen Treffer darf ich ihm nicht noch einmal erlauben!*

Obi-Wan machte mit Hilfe der Macht einen Satz, in den er all seinen Schwung und sein Gewicht legte. Er traf Grievous mit den Füßen voraus, doch der General schien kaum Notiz davon zu nehmen. Seine metallenen Gliedmaßen und die Hülle aus Durastahl, die ihn umgab, waren widerstandsfähiger als die von jedem Droiden, den Obi-Wan jemals gesehen hatte.

Es muss doch eine Möglichkeit geben, ihn auszuschalten! Obi-Wan wich einem weiteren Hieb aus und sah dabei, wie sich eine der Deckplatten in der Bauchgegend des Droiden-Generals verschob. *Sie muss sich gelöst haben, als ich ihn mit dem Energiestab traf. Vielleicht kann ich etwas von seiner Panzerung wegschlagen …*

Als der General wieder ausholte, duckte sich Obi-Wan und ging näher an seinen Gegner heran. Er packte die lose Platte und zerrte daran. Die Platte löste sich – aber die Metallarme des Generals schlossen sich um Obi-Wan und hoben ihn in die Höhe. Als Nächstes flog der Jedi quer durch die Luft und landete hart auf der anderen Seite der Plattform. Er rutschte halb betäubt über die Landefläche und beinahe über die Kante hinweg. Erst im letzten Moment konnte er sich abbremsen und blieb mit den Beinen über dem tiefen, tiefen Abgrund liegen.

Wie benebelt sah Obi-Wan, dass General Grievous den Energiestab holte und auf ihn zu kam. Er bemühte sich, wieder einen klaren Kopf zu bekommen und dachte daran, dass er eine Waffe brauchte.

Dann sah er, dass der Blaster, den der General verloren hatte, nur ein paar Meter entfernt auf dem Boden lag.

Er schaffte es gerade noch rechtzeitig, den Blaster mit Hilfe der Macht zu sich zu ziehen und zu schießen. General Grievous blieb stehen. Obi-Wan feuerte Schuss um Schuss auf die offene Bauchgegend des Generals ab. Der Halb-Droide gab ein Geräusch von sich, das sich teils wie das Stöhnen eines Erstickenden und teils wie ein metallisches Quietschen anhörte. Dann war in seinem metallenen Körper eine kleine Explosion zu vernehmen.

Obi-Wan sah mit bereitgehaltener Laserpistole, wie das Durastahl-Gehäuse des Droiden-Generals von weiteren Explosionen erschüttert wurde. Irgendwann stachen Flammen aus seinen Sehschlitzen hervor, und General Grievous sackte in einem rauchenden Haufen zusammen. Obi-Wan konzentrierte sich auf die Macht, um eventuelle Lebenszeichen zu ertasten.

Doch er fand keine. Mit einem schweren Seufzer der Erleichterung machte er sich auf den Rückweg zum Tunnel, um seine Echse wieder einzufangen. Dabei fiel ihm auf, dass er noch immer die Laserpistole in der Hand hielt. Er sah sie voller Abscheu an. *Wie unzivilisiert!* Obi-Wan warf die Waffe über den Rand der Plattform und machte sich daran, den Verlauf der Kämpfe zu beobachten. Dabei hatte er keinerlei Zweifel über ihren Sieg, denn Klon-Commander Cody war kompetent und hatte mehr als genug Truppen zur Verfügung, um die Kampf-Droiden unter Kontrolle zu bringen. Das wahre Problem war General Grievous, und das war nun gelöst.

Jetzt muss ich nur noch den Rat verständigen – und den Kanzler. Und dann ... werden wir herausfinden, was Palpatines wahre Absichten sind.

Kapitel 13

Als Anakin endlich Meister Windu im Hangar des Jedi-Tempels fand, drehte sich in seinem Kopf immer noch alles. Mace Windu und drei andere Jedi wollten gerade an Bord eines Kanonenbootes gehen, und zunächst war der Meister alles andere als erfreut über die Unterbrechung.

„Was ist, Skywalker?", fuhr Mace ihn an. „Wir sind in Eile. Wir haben gerade die Nachricht bekommen, dass Obi-Wan General Grievous vernichtet hat. Wir wollten uns aufmachen, um sicherzustellen, dass der Kanzler seine Macht an den Senat zurückgibt."

„Er wird seine Macht nicht zurückgeben", sagte Anakin mit schwerem Unterton. Er spürte, dass er jetzt Meister Windus Aufmerksamkeit hatte und schluckte. „Kanzler Palpatine ist ein Sith-Lord."

„Ein Sith-Lord?" Meister Windu war ebenso entsetzt wie Anakin es gewesen war, als er die Wahrheit erkannt hatte. „Woher weißt du das?"

Er selbst hat es mir gesagt. „Er beherrscht den Umgang mit der Macht. Er wurde ausgebildet, um sich der Dunklen Seite zu bedienen."

Meister Windu sah Anakin lange an. Schließlich nickte er. „Dann haben sich unsere schlimmsten Befürchtungen bewahrheitet. Wir müssen uns beeilen, wenn die Jedi die Kontrolle behalten sollen."

Meister Windu gab den anderen Jedi ein Zeichen, an Bord zu gehen. „Meister, der Kanzler ist sehr mächtig", fügte Anakin hinzu. „Ihr werdet meine Hilfe brauchen, wenn Ihr ihn verhaften wollt."

Mace kniff die Augen zusammen. „Halte dich in deinem eigenen Interesse aus diesem Konflikt heraus", sagte er streng. „Ich spüre Verwirrung in dir, junger Skywalker. Deine Angst trübt dein Urteilsvermögen."

„Das ist nicht wahr, Meister", protestierte Anakin.

„Wir werden sehen", gab Mace zurück. „Wenn es stimmt, was du sagst, hast du dir mein Vertrauen verdient. Aber vorerst bleib hier. Warte bis zu unserer Rückkehr im Ratssaal auf uns."

Er vertraut mir noch immer nicht. Er hat mir noch nie vertraut. Aber Mace Windu war ein Ratsältester, ein Meister. So lange Anakin ein Jedi war, musste er Meister Windus Anweisungen Folge leisten. „Ja, Meister", sagte er und versuchte, seinen Unmut zu verbergen.

Mace nickte knapp und stieg in das Schiff. Anakin blieb an Ort und Stelle stehen, als das Kanonenboot abhob. Er hoffte bis zur letzten Sekunde, dass Mace es sich noch anders überlegen würde. Doch als das Schiff schließlich im endlosen Verkehrsstrom verschwunden war, wandte er sich um und ging zurück zum Jedi-Tempel.

Der Ratssaal war dunkel und leer. Anakin setzte sich auf einen der Stühle und versuchte zu meditieren, doch sein Herz und sein Verstand befanden sich in zu großem Aufruhr. Jetzt, wo er allein war und seine Mission erfüllt hatte, gingen ihm wieder und wieder die Worte des Kanzlers durch den Kopf. *Lerne, die Dunkle Seite der Macht zu beherrschen, Anakin, und du wirst Padmé vor dem sicheren Tod retten können.* Anakin durchfuhr ein kalter Schauder, als er an die Schreie denken musste, die durch seine Träume gehallt waren. Er hörte wieder Padmés Todesschrei. „Anakin! Ich liebe dich!"

Die Stimme des Kanzlers ertönte in seinem Geist und sprach Worte, die er noch nicht gesagt hatte. „Du weißt, dass jede Chance, Padmé zu retten, verloren sein wird, wenn die Jedi mich töten."

Nein! Anakin streckte blind die Arme aus – nicht nach dem Kanzler, sondern nach seiner Geliebten. Nach Padmé. Und dann spürte er ihre Gegenwart, so als wäre sie nicht nur im Ratssaal der Jedi, sondern direkt in seinem Herzen und in seinem Geist. Eine wahre Vereinigung durch die Macht.

Padmé war allein im Hauptraum ihrer Unterkunft, als sie Anakins Gegenwart spürte. *Was macht er hier um diese Uhrzeit?*, dachte sie und sah auf. Sie blinzelte und schüttelte den Kopf. Der Raum war leer, doch einen Augenblick hatte sie geglaubt, den Ratssaal der Jedi zu sehen.

Und dann kam die Verbindung in all ihrer Stärke zustande, und Padmé wusste, was los war. Anakin war allein im Ratssaal – und gleichzeitig auch hier bei ihr. Sie spürte seine Liebe und seine Angst um sie – diese furchtbare Angst, die sein Herz zu zerfressen drohte. Die Angst, dass sie sterben würde. Sie hatte nicht gewusst, wie furchtbar diese Angst war.

Ich habe keine Angst vor dem Tod. Sie hatte ihm das schon einmal gesagt, als man sie auf Geonosis in die Exekutionsarena gebracht hatte. Und es war noch immer so. Sie hatte nur Angst davor, dass er vielleicht nicht wusste, wie sehr sie ihn liebte. Als die Verbindung der Macht schwächer zu werden begann, sagte sie noch einmal die Worte, die sie damals ausgesprochen hatte, als sie ihm das erste Mal ihre Liebe erklärt hatte. Anakin konnte sie natürlich nicht hören, doch vielleicht würde er die Liebe spüren, die dahinter steckte – die Liebe, die jetzt stärker und tiefer war, als sie es jemals gewesen war.

„Ich liebe dich wirklich", sagte Padmés Stimme in Anakins Gedanken. „Und ich will, dass du das weißt, bevor ich sterbe."

Dann brach die Verbindung endgültig zusammen, doch ihre letzten Worte hallten noch nach. *Bevor ich sterbe, bevor ich sterbe, bevor ich sterbe.* Anakin erschauderte. *Padmé, nein!* Doch die Verbindung war zerbrochen, Padmé war weg, und er war allein im Ratssaal. So wie er es für immer und überall sein würde, wenn Padmé einmal tot war.

„Nein!" Es war ein erstickter Schrei. Anakin stand auf und atmete schwer, so als hätte er einen langen Lauf hinter sich. *Ich kann das nicht tun! Ich kann sie nicht sterben lassen!* Und dann lief er tatsächlich. Er rannte aus dem Ratssaal hinaus und zu der Landeplattform, auf der sein Gleiter parkte.

Die Fahrt zum Senatsgebäude schien ewig zu dauern. Anakin nahm die anderen Verkehrsteilnehmern kaum wahr, die ihm auswichen und seinetwegen hupten. Er sah auch nicht, dass alle Anzeigeinstrumente des Gleiters im roten Bereich waren. Dann rannte er durch die Gänge des Senatsgebäudes auf das Summen eines Lichtschwerts im Büro des Kanzlers zu.

Er blieb im Eingang stehen, schockiert und unfähig, sich zu bewegen. Aus einem gähnenden Loch, das einmal das große Fenster über Coruscant gewesen war, wehte ihm der Wind durch die Haare. Auf dem Boden lagen Glassplitter und drei gekrümmte, reglose Gestalten in Jedi-Roben. Nur ein Jedi stand noch – Mace Windu, der mit seinem violetten Lichtschwert Kanzler Palpatine bedrohte. „Ihr steht unter Arrest, mein Lord", sagte er zum Kanzler und gab Anakin mit einem Handzeichen zu verstehen, er solle sich fern halten.

Doch Palpatine sah Mace Windu nicht an. „Anakin!", schrie er. „Ich sagte dir, dass es so weit kommen würde! Ich hatte Recht! Die Jedi übernehmen die Macht!"

Aber ... aber ... das stimmt nicht. Sie kamen hierher, weil ich ihnen sagte, dass Ihr ein Sith-Lord seid, und nicht, um die Macht an sich zu reißen. Doch sie waren schon auf dem Weg gewesen, um Palpatine zu verhaften, bevor er ihnen die Nachricht überbracht hatte, dachte ein anderer Teil Anakins.

„Euer Komplott zur Übernahme der Republik ist vorbei", sagte Mace Windu. „Ihr habt verloren."

„Nein!" Palpatine hob die Hände. „*Ihr* werdet sterben!" Blaue Macht-Blitze schossen aus seinen Händen auf Mace zu.

Anakin machte einen unfreiwilligen Schritt nach vorn. „Er ist ein Verräter, Anakin!", schrie Palpatine, als noch mehr Blitze aus seinen Händen schossen.

„Er ist der Verräter!", sagte Mace. Sein Gesicht war verzerrt von den Anstrengungen, die es ihn kostete, die Blitze abzuwehren. „Halte ihn auf!"

Anakin sah von einem Mann zum anderen. Die Macht-Blitze fügten Mace Windu jetzt ernste Verletzungen zu.

Und dann geschah etwas ebenso Eigenartiges wie Erschreckendes: Der Kanzler alterte vor Anakins Augen. Seine Haare wurden dünner und seine Haut wurde faltig. Auf seiner Stirn bildeten sich tiefe Falten. Seine Hände verknorpelten und nahmen eine grau-weiße Farbe an. „Hilf mir!“, schrie er Anakin zu. „Ich kann das nicht länger aufrecht erhalten!“

Doch Anakin stand wie angewurzelt da. Irgendwann brach Palpatine erschöpft zusammen. „Ich gebe auf“, sagte er mit der Flüsterstimme eines sehr, sehr alten Mannes. „Ich bin … ich bin zu schwach. Tötet mich nicht. Ich gebe auf.“

Mace Windu richtete sein Lichtschwert auf den sich krümmenden Kanzler. „Du Sith-Abschaum“, sagte er. „Ich werde diese Sache hier und jetzt beenden.“

„Ihr könnt ihn nicht töten, Meister“, sagte Anakin. „Er muss vor Gericht gestellt werden.“

„Er hat zu viel Kontrolle über den Senat und die Gerichte“, erwiderte Mace. „Er ist zu gefährlich, um am Leben gelassen zu werden.“

„Das ist nicht die Art der Jedi.“ Doch der Kanzler hatte dasselbe über Count Dooku gesagt. Wenn Jedi-Meister und Sith die gleichen Argumente vorbrachten, waren sie dann wirklich so unterschiedlich? *Und ich brauche ihn, um Padmé zu retten.* Mace hörte nicht mehr auf Anakin. Er hob sein Lichtschwert – und Anakin schlug es ihm mit der eigenen Waffe weg. Der unerwartete Hieb schleuderte das Lichtschwert davon, und Mace Windu krümmte sich erneut wehrlos unter einem blauen Macht-Blitz aus Palpatines Händen. *Kanzler Palpatine hat uns etwas vorgespielt! Er war überhaupt nicht erschöpft!*

Mace schrie auf und zog sich zurück. „Macht!“, rief der Kanzler. „Absolute Macht!“

Eine neue Welle der Macht traf Mace und riss ihn nach hinten, immer weiter und weiter, bis er an der Stelle angekommen war, an der sich das Fenster befunden hatte. Palpatine hob

Mace mit Hilfe der Macht an, trug ihn hinaus in den Nachthimmel und ließ ihn einfach in den hunderte von Metern tiefen Abgrund fallen. Anakin sah ihm voller Schrecken hinterher. „Was habe ich getan?", flüsterte er.

„Du erfüllst dein Schicksal", gab Palpatine ruhig zurück. Er sah jetzt anders aus und klang auch anders. Die Alterung war keine Illusion gewesen. Doch die Veränderung machte es auch Anakin einfacher, anders zu sein. Zu sagen, weshalb er gekommen war.

„Ich werde tun, was immer Ihr verlangt", sagte er zu Palpatine. „Aber bitte helft mir, Padmés Leben zu retten." *Ich kann nicht ohne sie leben. Ich werde sie nicht sterben lassen.*

Palpatine lächelte und machte ein Handzeichen. Anakin kniete vor ihm nieder und sprach die Worte – die Worte, mit denen er den Jedi seine Treue geschworen hatte. Doch sie waren verändert, so wie er selbst sich verändert hatte. „Ich gebe mich Eurer Fürsorge hin", sagte er. „Den Wegen der Sith."

„Anakin Skywalker, du bist eins mit dem Orden der Sith-Lords", gab Palpatine zurück. „Von nun an soll man dich kennen als ... Darth Vader."

„Danke, mein Meister."

Darth Sidious – Kanzler Palpatine – stand allein in seinem riesigen Büro. Er hatte seinen neuen Schüler und eine Bataillon Klontruppen zum Jedi-Tempel geschickt. Damit wären die Jedi auf Coruscant erledigt. Er runzelte unter seiner Kapuze die Stirn. Er spürte, dass sich sein Schüler noch nicht so vollständig der Dunklen Seite hingab, wie es sein sollte. Wie auch immer. Die Vernichtung der Jedi würde Anakin sicher dichter an seine Sith-Identität heranbringen – Darth Vader.

Jetzt war es an der Zeit, sich um die anderen Jedi zu kümmern. Das Stirnrunzeln verschwand und machte einem erwartungsvollen Grinsen Platz. Er tippte eine Frequenz in seinen Hologramm-Projektor und wartete ab.

Ein kleines Bild des ersten Klon-Commanders baute sich vor ihm auf. „Ja, mein Lord?"

„Die Zeit ist reif", sagte Darth Sidious und genoss die Worte. *Nach eintausend Jahren ist endlich die Zeit der Rache gekommen.* „Führt Order 66 aus."

„Ich verstehe, mein Lord", gab der Klon-Commander zurück, und das Bild verblasste.

Darth Sidious gab die nächste Frequenz ein und ein weiteres, identisches Hologramm erschien. Er wiederholte die Worte wieder und wieder zu verschiedenen Klon-Commandern auf den Planeten der Republik. Sein Lächeln verbreiterte sich mit jedem erteilten Befehl.

Die Klontruppen befolgten nur Befehle. Deshalb wurde auch jede Bataillon von einem Jedi angeführt. Doch die Jedi hatten etwas vergessen: Die Klone dienten der Republik und nicht dem Jedi-Orden … und er, Darth Sidious, war der Oberste Kanzler der Republik. Die Klone würden die Befehle des Kanzlers ohne Widerrede ausführen. Selbst wenn sie lauteten, sie sollten ihre Jedi-Anführer umbringen.

Und Order 66 bedeutete für die Klone genau das.

Darth Sidious lehnte sich noch immer lächelnd zurück und stellte sich die Szenen vor, die sich jetzt überall in der Galaxis abspielen mussten. Jedi auf Dschungelplaneten oder Kristallwelten, ob in der Hitze des Gefechts oder der Sicherheit ihrer Kommandozentralen – sie alle starben durch die Hände ihrer eigenen Klontruppen. Er spürte, wie es geschah, wenn auch nicht im Detail. Doch er spürte, wie die Dunkle Seite mit jedem sterbenden Jedi wuchs.

Er bedauerte nur, dass er nicht persönlich dabei sein und sehen konnte, wie jeder einzelne starb.

Kapitel 14

Das Dumme an Droiden ist, dass sie nicht nachdenken können, dachte Obi-Wan, als er sich den Weg durch die Kampf-Droiden freihackte, die noch immer die Tunnels der Stadt auf Utapau verstopften. Eine Armee aus lebenden Wesen hätte schon längst erkannt, dass der Gegner bei weitem in der Überzahl war und den Kampf aufgegeben. Die Droiden hingegen kämpften einfach weiter.

Wenigstens hatte er sein Lichtschwert wieder. Einer der Klone hatte es gefunden und ihm zurückgegeben. *Ich würde ungern mit nichts als einer Laserpistole gegen Kampf-Droiden antreten,* dachte Obi-Wan. Er führte seine Echse an der Mauer der Senke hoch, um einen besseren Überblick zu bekommen. *Diese Droiden …*

Da spürte Obi-Wan plötzlich eine seltsame Erschütterung in der Macht und wendete sein Reittier. Die Echse ging gerade so weit zur Seite, dass der enorme Laserblitz Obi-Wan nicht auslöschte. Doch das Tier verlor den Halt an der Mauer und fiel mit dem Jedi in die Tiefe. Auf dem Sturz nach unten erkannte Obi-Wan, dass das Laserfeuer von seinen *eigenen* Truppen gekommen war. Die Klone versuchten ihn töten! *Hier stimmt etwas ganz und gar nicht,* dachte er und landete in dem abgestandenen Wasser auf dem Grund der Grube.

Weitere Laserschüsse schlugen auf der Wasseroberfläche ein. Obi-Wan ließ sich vom Schwung seines Sturzes tief nach unten sinken, unterhalb der Reichweite der Blaster. Es dauerte einen Augenblick, bis er die Atemmaske an seinem Gürtel fand. Er legte sie an. Jetzt konnte er unter Wasser bleiben, bis die Klone aufgeben würden.

Es dauerte lange. Man konnte wahrlich nicht behaupten, Klone wären nicht ausdauernd. Doch irgendwann schienen sie anzunehmen, dass Obi-Wan den langen Sturz in die Tiefe nicht überlebt hatte.

Glücklicherweise wussten die Klone nichts von General Grievous' kleinem Fluchtschiff. Obi-Wan hatte ihnen nur erzählt, dass der Droiden-General tot war; er hatte keine Zeit gehabt, ins Detail zu gehen. *Wenn ich dieses Schiff erreiche, kann ich entkommen. Es ist ein Typ der Handelsföderation. Selbst wenn die Kreuzer im Orbit es sehen, werden sie annehmen, dass ich ein Separatist bin, der vor dem Kampf flieht.* Natürlich musste er sich erst noch an Tausenden von Klonkriegern vorbeischleichen, um zu der geheimen Landeplattform zu gelangen, aber wenigstens würden die Klone dort nicht auf ihn warten.

Und wenn er erst einmal von Utapau entkommen war, konnte er noch immer versuchen herauszufinden, was los war. Eigentlich durften die Klone überhaupt nicht in der Lage sein, die Republik zu verraten. Irgendetwas war ganz und gar nicht in Ordnung.

Der Kampf um Kashyyyk war vorbei. Draußen lasen die Klone und die Wookiees Reste von zerschmetterten Kampf-Droiden auf und reparierten ihre eigene Ausrüstung. Yoda hatte sie damit allein gelassen. Die Klone brauchten keinen Jedi-Befehlshaber, der ihnen erklärte, wie man aufräumte, und der Versammlungssaal der Wookiees war ruhig – ein guter Ort für eine Meditation. Chewbacca und Tarfful, die beiden Wookiee-Oberhäupter, standen auf der einen Seite des Saales, während sich die Klonoffiziere in der Nähe des Eingangs aufhielten, wo sie die Truppen draußen im Auge behalten konnten und wo Berichterstattung die Ruhe ihres Jedi-Kommandanten nicht stören würde.

Jahrhunderte der Übung machten es Yoda leicht, seinen Geist fast völlig von seinem Körper zu trennen, um vollkommen in der lebendigen Macht zur Ruhe zu kommen. In letzter Zeit hatte er die Gelegenheit dazu ergriffen, wann immer sie sich geboten hatte, denn die Dunkle Seite war im Laufe der Jahre immer stärker geworden. Doch gleichzeitig hatte Yoda immer wieder das Gefühl gehabt, dass ihn irgendjemand durch die dichter werdende Dunkelheit erreichen wollte.

Yoda gab sich mit geschlossenen Augen der Macht hin. Ja, da war es wieder. Das Gefühl, dass irgendjemand nach ihm griff. Er schaffte es beinahe. Etwas streifte Yoda … nein, irgendjemand. Irgendjemand, der sich vertraut anfühlte. Und dann durchliefen plötzlich Schockwellen die Macht. *Jedi sterben.*

Yoda öffnete die Augen. Hinter ihm kamen zwei Klonoffiziere heran. *Mich befragen zu wollen, sie vorgeben.* Doch Yoda spürte die schwache Aura der Dunklen Seite, die an ihnen klebte. Hier stimmte etwas nicht.

So war er auch nicht überrascht, als sie ihre Waffen zogen. Sein Lichtschwert summte in der Hand, und die beiden weiß behelmten Köpfe fielen in die eine, und die Körper der Klone in die andere Richtung.

Mehr kommen werden. Die Klon-Offiziere hätten nicht ohne ihresgleichen agiert, und draußen warteten Tausende von ihnen. Er musste Hilfe holen.

Glücklicherweise war diese Hilfe nicht weit entfernt. Die beiden Wookiees hatten alles beobachtet und sich schnell von ihrer Überraschung erholt. Yoda erklärte ihnen, was er brauchte, die Wookiees nickten und unterhielten sich in ihrer bellenden Sprache. Chewbacca hob Yoda auf und gemeinsam mit Tarfful trug er ihn zu einem Hinterausgang hinaus. Sie waren keine Sekunde zu früh dran, denn einen Augenblick später schoss ein Panzer der Klone von einem flachen Hügel auf das Versammlungsgebäude und es verging in einem Feuerball.

Es dauerte eine Weile, bis die Klone entdeckten, dass Yoda zum Zeitpunkt der Explosion nicht in dem Saal gewesen war. Sie formierten sofort Suchtrupps und durchsuchten die Gegend nach dem Jedi-Meister. Die Wookiees hatten Yoda in einem ihrer kleinen Boote versteckt, doch dort konnte er nicht ewig bleiben. Es war zu gefährlich, sowohl für ihn als auch für die Wookiees. Abgesehen davon musste er den Planeten verlassen, um herauszufinden, was vor sich ging.

Nachdem er ihnen das Problem erläutert hatte, bellten die Wookiees so schnell untereinander, dass es selbst für Yoda schwer war, der Unterhaltung zu folgen. Dann drehten sie sich um und boten ihm eine ihrer Fluchtkapseln an. Das einzige Problem war jetzt noch, an den Klontruppen vorbei zu der Kapsel zu kommen.

Senator Bail Organa war überaus besorgt, als er mit seinem schlanken Gleiter durch die Morgendämmerung flog. Seit dem frühen Vorabend hatten unter den Senatoren Gerüchte kursiert. Zuerst waren sie positiv – die Separatisten hatten aufgegeben, der Krieg war vorüber und die Jedi hatten General Grievous getötet. Doch bevor irgendeines der Gerüchte hatte bestätigt werden können, waren sie durch beängstigende Versionen ersetzt worden – Geschichten von Rebellion, Verrat und Mord. Bail hatte keine davon geglaubt, doch im Laufe der Nacht waren es immer mehr geworden, und sie hatten sich verbreitet. Er hatte letztlich beschlossen, selbst herauszufinden, was eigentlich geschah.

Das Erste, was er sah, war eine dichte schwarze Rauchwolke, die vom Jedi-Tempel aufstieg. Als er näher kam, sah er überall die weiß gekleideten Klontruppen. *Wo sind die Jedi? Haben die Separatisten den Tempel angegriffen?*

Es schien niemand zu schießen, also beschloss Bail, zu landen. Vielleicht konnte er mehr in Erfahrung bringen. Er wählte eine Landeplattform in der Nähe des Tempeleingangs. Vier Klone standen Wache, doch sie senkten die Waffen, als sie seine Senatorenrobe sahen. „Keine Sorge, Sir", sagte einer von ihnen. „Die Situation ist unter Kontrolle."

„Was geht hier vor?", fragte Bail. Er versuchte, entspannt zu klingen und nichts von seiner Aufregung Preis zu geben.

„Es gab eine Rebellion, Sir."

Eine Rebellion? Der Rauch und die Klonwachen bekamen plötzlich eine neue, finstere Bedeutung. *Haben die Jedi rebelliert? Oder … die Klone? Das ergibt doch keinen Sinn!* „Das ist unmöglich!"

„Keine Sorge, Sir", wiederholte der Klon. „Die Situation ist unter Kontrolle."

Bail sah den Soldaten grimmig an und machte sich zur Tempeltür auf. So lange es sicher war, wollte er selbst sehen, was los war. Doch die Klone stellten sich ihm in den Weg. „Es tut mir Leid, Sir. Der Zugang ist niemandem gestattet." Der Klon hielt einen Augenblick inne und hob dann zu Bails Überraschung und Bestürzung das Blaster-Gewehr. „Es wird Zeit, dass Sie gehen, Sir", sagte er streng.

Bail ging widerstrebend zu seinem Gleiter zurück. Es brachte nichts, wenn er sich hier umbringen ließ – und er wollte wirklich nicht herausfinden, ob die Klontruppen auf einen Senator schießen würden.

Als er den Gleiter erreichte, hörte er Schüsse. Als er sich umdrehte, sah er einen verzweifelt aussehenden, in Jedi-Roben gekleideten Jungen, der nicht älter als zehn Jahre war. Er hielt ein Lichtschwert in der Hand, und die Klonkrieger schossen auf ihn!

Als Bail voller Schrecken die Szenerie beobachtete, sah einer der Klone von dem Kampf auf und zeigte auf ihn. „Kümmert euch um ihn", sagte der Klon zu den Vieren, die die Tür bewachten, und wandte sich wieder dem Kampf zu.

Bail machte einen Satz über seinen Gleiter hinweg, kurz bevor die Laserblitze um ihn herum einschlugen. Doch der Gleiter war nicht gepanzert, und die Klone würden ihn – und Bail – in wenigen Minuten vernichten, wenn sie ihr Feuer konzentrierten. Seine einzige Hoffnung lag in einer Flucht.

Es kamen noch mehr Klone aus dem Tempel. Der Jedi-Junge war wahrscheinlich außer Gefecht. Bail sprang wütend in den Gleiter und setzte ihn in Bewegung. Ein paar Schüsse zuckten durch die Luft hinter ihm, doch dann drehten sich die Klone um und gingen wieder in den Tempel zurück. *Weshalb sollten sie sich mit mir abgeben? Ich bin kein Jedi.*

Auf dem Flug zurück zu seinem Büro hatte Bail Organa ein

wenig Zeit, um nachzudenken. Klontruppen handelten nicht ohne Befehl, und es gab nur eine einzige Person, die ihnen die Anweisung zum Angriff auf den Jedi-Tempel hätte geben können. Kanzler Palpatine. Und Palpatine machte keine halben Sachen. Er musste einen Plan gehabt haben, um sich auch der anderen Jedi zu entledigen, die nicht auf Coruscant waren. Und wenn Palpatine von seinem Besuch am Tempel erfuhr, würde Bail selbst unter die Kategorie ‚halbe Sache' fallen. Natürlich hatte Bail den Klonen seinen Namen nicht gesagt, und wenn die Klone ihn nicht erkannt hatten, würde der Kanzler niemals etwas erfahren. Doch Bail war nicht so töricht, sich darauf zu verlassen.

Er holte seinen Kommunikator heraus und gab ein paar Anweisungen durch. Als er in seinem Büro angekommen war, hatten seine beiden Assistenten schon die wichtigsten Dokumente gepackt und standen zur Abreise bereit. Es gab einen schwierigen Augenblick, als zwei der Roten Gardisten des Kanzlers sie aufhielten und verlangten, dass sie sich ausweisen sollten. Doch die ID-Karten des Senats stellten sie zufrieden. Dennoch ließ Bail erleichtert die Schultern sacken, als er mit seinen Assistenten an Bord des alderaanischen Raumkreuzers ging.

Captain Antilles, sein Pilot, befand sich bereits mit der restlichen Crew an Bord. Bail verschwendete keine Zeit mit Höflichkeiten. „Habt Ihr ein Jedi-Funkfeuer bekommen?", wollte er wissen.

„Ja, Sir", gab Antilles zurück. „Es gab keine Gegenwehr. Die Klone sind noch immer recht durcheinander."

Das überrascht mich nicht, wo sie doch all ihre Jedi-Befehlshaber umgebracht haben. Bail schauderte beim Gedanken daran. Er wusste, dass diese Verwirrung nicht lange anhalten würde, aber immerhin hatte es lange genug gedauert, um ihnen die Flucht von Coruscant zu ermöglichen.

Bail gab das Zeichen für den Start des Raumkreuzers. Sie hatten das Funkfeuer, also gab es keinen Grund, dazubleiben. *Hoffentlich können wir ein paar Jedi abfangen, bevor sie in diese … Katastrophe laufen,* dachte er, als das Schiff die Atmosphäre verließ. Er wollte nicht daran denken, wie wenig Jedi wohl übrig waren, die auf das gestohlene Sendesignal antworten würden.

Kapitel 15

Padmé hörte das Geräusch des Fahrzeugs vor ihrer Unterkunft und ging schnell auf die Veranda. Ihr wurde fast schwindlig vor Erleichterung, als sie sah, dass es ein Jedi-Raumjäger war – und als Anakin aus dem Cockpit stieg und auf ihre Veranda kam. „Alles in Ordnung?“, fragte sie. Sie musste es hören, obwohl sie sah, dass es ihm gut ging. „Ich hörte, es hat einen Angriff auf den Jedi-Tempel gegeben. Man kann den Rauch von hier sehen.“

„Es geht mir gut“, sagte Anakin. Seine tiefe Stimme klang müde. Irgendetwas daran und an der Art, wie er sich bewegte, war allerdings nicht in Ordnung. „Ich kam, um sicherzugehen, dass mit dir und dem Kind alles in Ordnung ist.“

„Captain Typho ist hier“, sagte Padmé. „Wir sind in Sicherheit. Was ist passiert?“ Sie hörte, wie C-3PO und R2-D2 hinter ihr dieselbe Frage stellten.

„Die Lage ist ernst“, sagte Anakin bedrückt. „Der Rat der Jedi hat versucht, die Republik umzustürzen.“

Padmé starrte ihn zutiefst erschrocken an. Er machte keine Witze. „Das kann ich nicht glauben!“, sagte sie schließlich.

„Ich konnte es zunächst auch nicht glauben“, gab Anakin zurück. „Doch es ist wahr. Ich habe selbst gesehen, wie Meister Windu versuchte, den Kanzler zu ermorden.“

Wie? Wie ist das möglich? Padmé suchte einen Stuhl und setzte sich benommen. „Und was wirst du jetzt tun?“, fragte sie Anakin.

„Ich werde die Republik nicht verraten“, gab er zurück. Er schluckte. „Meine Loyalität gilt dem Kanzler und dem Senat. Und dir.“

Ja, mir; das glaube ich. Padmé hörte die Ernsthaftigkeit in seinen Worten, und sie hatte auch nie seine Loyalität ihr gegenüber angezweifelt. Aber jetzt, als er vom Kanzler und dem Senat gesprochen hatte, hatte in seiner Stimme ein merkwürdiger Ton mitgeschwungen. Anakin hatte sich noch nie viel aus Politik gemacht. Ihm waren lebende Wesen wichtig, Padmé und ... „Was ist mit Obi-Wan?“

Anakin wandte sich ab, damit sie sein Gesicht nicht sehen konnte. „Ich weiß es nicht“, sagte er. „Viele Jedi wurden getötet.“

Nicht Obi-Wan! Aber ... „Gehört er auch zu den Rebellen?“, fragte Padmé zögernd, obwohl sie sich nicht sicher war, ob sie die Antwort hören wollte.

„Wir werden es vielleicht nie erfahren“, gab Anakin zurück.

„Wie konnte das geschehen?“, fragte Padmé. Sie hob den Blick und sah Anakin vor dem Hintergrund der Stadtlandschaft. Der Morgenhimmel war rot und voller Rauch – Rauch vom brennenden Jedi-Tempel, genau wie nach dem Angriff der Separatisten. Alle sprachen andauernd davon, dass der Krieg beinahe vorüber war, dabei nahm die Gewalt immer mehr zu. „Ich möchte weg“, sagte sie plötzlich. „Irgendwohin, weit weg von hier.“

„Warum?“ Anakin sah wirklich verblüfft aus. „Die Dinge haben sich verändert. Es gibt jetzt eine neue Ordnung.“

Die Dinge haben sich wirklich verändert. Krieg, Tod und Verrat sind überall. Meine Freunde im Senat handeln nahe am Hochverrat und ich bin mir nicht einmal sicher, ob sie nicht Recht haben. Und ich kann nicht mit dir darüber reden, weil es deine Aufgabe wäre, sie zu verhaften. Und mich vielleicht auch. „Ich möchte unser Kind an einem sicheren Ort großziehen", sagte sie und bemerkte im selben Augenblick überrascht, dass sie gerade all ihre Wünsche in einem einzigen Satz zusammengefasst hatte.

„Das möchte ich auch", sagte Anakin. „Aber der Ort ist hier."

Nein, ist er nicht. Erkennst du denn nicht, wie gefährlich Coruscant geworden ist? Doch Anakin war ein Krieger. Er war Monate im Kampf gewesen. Dagegen musste ihm Coruscant wahrscheinlich ruhig und friedlich vorkommen.

„Ich erlange gerade neue Kenntnisse über die Macht", fuhr Anakin fort. „Bald werde ich dich vor allem beschützen können!"

Padmé streckte die Arme nach ihm aus. „Oh Anakin, ich habe Angst." *Angst um unser Kind. Angst um die Republik. Angst um mich. Angst um dich.*

„Habe Vertrauen, Liebste", sagte Anakin und nahm sie in den Arm. „Bald wird alles gut sein. Die Separatisten haben sich im Mustafar-System versammelt. Ich werde diesen Krieg beenden."

Padmé schüttelte schweigend den Kopf. Wie oft hatten sie schon gehört, dass dies zu tun, jenes zu gewinnen oder diesen zu töten, den Krieg beenden würde? Dabei ging der Krieg immer weiter. Sie glaubte nicht mehr an das Ende des Krieges.

„Warte, bis ich zurückkomme", sagte Anakin flehend. „Die

Dinge werden anders sein, das verspreche ich." Er küsste sie lange und innig. „Bitte warte auf mich."

Sie glaubte zwar nicht mehr an das Ende des Krieges, doch sie konnte noch an Anakin glauben. „Ich werde warten", sagte sie und umarmte ihn.

Anakin lächelte und erwiderte die Umarmung zärtlich. Dann ließ er zögernd die Arme sinken und sah zu seinem Jäger hinüber. Padmé ließ ihn ebenfalls nur widerstrebend los. Als er in sein Schiff stieg, spürte sie, wie Tränen in ihren Augen aufstiegen. Doch sie weigerte sich, sie loszulassen. Anakin musste noch eine Aufgabe erledigen, und sie wollte ihn nicht davon abhalten, so gerne sie auch mehr Zeit mit ihm verbracht hätte.

C-3PO zog sich zurück und winkte R2-D2 zu. Der Jäger hob ab. Als er in die blutrote Morgendämmerung flog, gab Padmé ihren Tränen nach. Sie fühlte sich einsamer als je zuvor in ihrem Leben und wusste dabei nicht einmal, weshalb. Schließlich hatte sie ja noch Anakin.

Sich durch die Tunnels auf Utapau zu General Grievous' verstecktem Fluchtfahrzeug zu schleichen, war nicht einfach damit getan, indem man den Klontruppen aus dem Weg ging, die die Treppen und Tunnels der Stadt bevölkerten. Obi-Wan hatte diese Klone kommandiert; er kannte die Muster, nach denen sie suchen würden und welche Bereiche sie als Erstes absuchen würden. Doch die Tunnels waren leider auch das Revier einiger unfreundlicher utapauanischer Kreaturen, von denen manche ziemlich groß und ebenso hungrig wie feindselig waren. Teilweise musste sich Obi-Wan seinen Weg an ihnen vorbeikämpfen.

Als er schließlich die winzige Landeplattform erreicht hatte, stellte er erleichtert fest, dass die Klone das Schiff noch nicht entdeckt hatten. Der ganze Bereich war genauso verlassen, wie er es gewesen war, als er General Grievous hierher gejagt hatte. Obi-Wan, der sein Glück kaum fassen konnte, stieg in den Jäger. Keine Laserschüsse blitzten auf. Er machte sich schnell mit der Steuerung des Schiffes vertraut und setzte es in Bewegung.

Obi-Wan flog dicht an der Oberfläche von Utapau entlang, bis er weit genug von der Grubenstadt und den Massen der Klone und Schiffe entfernt war. Die Klone rechneten zwar sicher nicht damit, Obi-Wan in einem Jäger der Handelsföderation zu finden, sie konnten jedoch darauf aus sein, alles abzuschießen, ganz gleich, was es war. Die Separatisten waren noch immer der Feind – zumindest hatten die Klone, die Obi-Wan zuletzt in den Tunnels gesehen hatte, gegen die Kampf-Droiden der Separatisten gekämpft. Es gab keinen Grund, diesbezüglich ein Risiko einzugehen.

Auf der anderen Seite von Utapau stieß Obi-Wan in den Weltraum vor. Sobald er außerhalb der Abstasterreichweite war, aktivierte er das Comm-System des Jägers und gab die Frequenz des Jedi-Kommunikationsnetzes ein. Zu seiner Überraschung empfing er nichts als Störgeräusche.

Er runzelte die Stirn und versuchte eine andere Frequenz – mit demselben Ergebnis. Nach dem dritten ergebnislosen Versuch stellte er sein Comm-System auf Suchmodus. Und nach vielleicht einer Minute begann es stetig zu piepen. *Ein Jedi-Funkfeuer! Aber eigentlich sollten doch keine anderen Jedi hier draußen sein.* Obi-Wan nahm den Comlink in die Hand.

„Notfallcode Neun Dreizehn“, sagte er. „Ich bekomme auf

keiner Frequenz Verbindung. Sind irgendwelche Jedi dort draußen? Irgendwo?"

Über dem Comm-System erschien ein undeutliches Hologrammbild. Obi-Wan peilte das Signal an, und sofort stabilisierte sich das Bild. Zu seiner Überraschung war es Senator Bail Organa von Alderaan. *Was macht er mit einem Jedi-Funkfeuer?*

„Meister Kenobi?" Der Senator schien wenigstens erfreut zu sein, ihn zu sehen.

„Senator Organa", sagte Obi-Wan. „Meine Klontruppen haben sich gegen mich gewandt. Ich brauche Hilfe."

Bail Organa schien nicht überrascht zu sein, und seine nächsten Worte lieferten auch die Erklärung dazu. „Wir haben gerade Meister Yoda gerettet", sagte er. „Es sieht so aus, dass es überall Hinterhalte gegeben hat. Übernehmt meine Koordinaten."

Darth Sidious sah die Koordinaten der hereinkommenden Nachricht an und setzte eine leicht skeptische Miene auf. Mustafar? Von diesem Planeten erwartete er noch keine Übertragung. Er drückte den Antwortknopf, und ein blaues Hologramm erschien. Es war ein Neimoidianer – der Vizekönig der Handelsföderation, Nute Gunray. *Also hat mein Schüler Mustafar noch nicht erreicht.*

Gunray verneigte sich tief. Hinter ihm konnte Darth Sidious die restlichen Mitglieder des Separatisten-Rates sehen. „Der Plan verlief, wie Ihr es versprochen hattet, mein Lord", sagte der Neimoidianer.

„Ihr habt Euch gut geschlagen, Vizekönig", gab Darth Sidious der Form halber zurück. „Habt Ihr Eure Droiden-Armeen abgeschaltet?"

„Ja das haben wir, mein Lord."

Darth Sidious lächelte „Ausgezeichnet! Ist mein neuer Schüler Darth Vader schon angekommen?"

„Er landete vor wenigen Minuten", gab Gunray zurück.

„Gut, gut. Er wird sich um Euch kümmern." Die Doppeldeutigkeit der Worte bereitete ihm Vergnügen. Er griff nach dem Bedienfeld, um die Übertragung zu beenden, hielt aber im letzten Moment inne.

Die durchscheinend blauen Gesichter in dem Hologramm drehten sich um und schauten auf etwas, das sich außerhalb des Sichtbereichs der Hologrammkamera befand. Ihr Gesichtsausdruck zeigte erst Überraschung, dann Verwirrung – und schließlich nackte Angst. Darth Sidious beugte sich erwartungsvoll nach vorn.

Ein leuchtendes Lichtschwert zuckte durch das Sichtfeld des Hologramms. Ein Kopf und ein Körper fielen getrennt zu Boden – Poggle der Geringere, wie Sidious zur Kenntnis nahm. Dann erwachten die restlichen Mitglieder des Separatisten-Rates aus ihrer Erstarrung und flohen schreiend, als die Übertragung von der anderen Seite unterbrochen wurde.

„Wie ich sehe, ist mein Schüler angekommen", sagte Darth Sidious leise. „Ja, er wird sich um Euch kümmern."

Kapitel 16

Bail Organas Koordinaten waren nicht so weit entfernt, wie Obi-Wan angenommen hatte. Es dauerte nicht lange, bis er den alderaanischen Raumkreuzer erreicht hatte. Als er das Schiff betrat, sah er Meister Yoda, der ruhig neben dem besorgt dreinschauenden Senator stand.

„Ihr seid davongekommen!“, sagte Senator Organa.

„Meister Kenobi, dunkle Zeiten dies sind.“ Yodas bedeutungsschwere Stimme klang erfreulich normal, nach allem, was geschehen war. „Gut es ist, Euch zu sehen.“

„Ihr wurdet auch von den Klonen angegriffen?“, fragte Obi-Wan.

Yoda nickte. „Mit Hilfe der Wookiees knapp entkommen ich konnte.“

Wenn Meister Yoda sagt, er wäre nur knapp entkommen, dann muss es ein haarsträubendes Unterfangen gewesen sein! Es ist ein Jammer, dass er nie ausführlicher von solchen Dingen erzählt. „Wie viele andere Jedi haben überlebt?“

Yoda senkte den Kopf. „Keine, wie wir gehört haben.“

Keine? Obi-Wan sah den kleinen Jedi-Meister fassungslos an.

Bail Organa nickte bestätigend. „Ich sah, wie Tausende von Klonkriegern den Jedi-Tempel angriffen. Deshalb habe ich mich auf die Suche nach Yoda gemacht.“

„Hattet Ihr Kontakt mit dem Tempel?“ Es musste doch irgendjemand übrig sein. Meister Windu … Kit Fisto … Anakin! Anakin befand sich auf Coruscant – war er im Tempel gewesen?

„Das codierte Rückzugssignal empfangen wir haben“, sagte Yoda.

Das Signal, das alle Jedi nach Coruscant zurückbeordert! Aber wenn die Klone den Tempel in ihrer Gewalt hatten …

„Der Krieg ist vorbei“, sagte Bail Organa. Seine Stimme war voller Bitterkeit.

Einer der Piloten erschien im Durchgang zur Kabine. „Wir empfangen eine Nachricht vom Büro des Kanzlers.“

„Stellt sie durch“, sagte Bail.

Einen Augenblick erfüllte die schmierige Stimme von Mas Amedda, des obersten Assistenten des Kanzlers, den Raum. „Senator Organa, der Kanzler der Republik verlangt Eure Anwesenheit bei einer besonderen Sitzung des Senats.“

„Sagt dem Kanzler, dass ich da sein werde“, gab Bail zurück.

„Sehr gut“, gab Mas Amedda zurück, und die Übertragung war beendet.

Bail warf Yoda und Obi-Wan einen Blick zu. „Denkt Ihr, dass das eine Falle ist?“

„Das glaube ich nicht“, gab Obi-Wan nach einem Augenblick des Nachdenkens zurück. „Der Kanzler kann nicht Tausende von Sternensystemen ohne einen intakten Senat kontrollieren.“ Bail sah die beiden Jedi voller Zweifel an, und Obi-Wan beantwortete die unausgesprochenen Frage des Senators, ob er zum Jedi-Tempel zurückkehren würde. „Wir *müssen* zurückkehren. Wenn es noch mehr Nachzügler gibt, dann tappen sie in die Falle und werden getötet.“

Yoda sah ihn an und nickte. Er hatte nichts hinzuzufügen. Sie würden in den Jedi-Tempel gehen und das Funksignal zerstören, das die anderen Jedi nach Hause in den Tod lockte. Und vielleicht – aber nur vielleicht – würden sie dann auch dahinter kommen, wie all das geschehen war.

Bail verabschiedete sich auf der Landeplattform des Senats von Obi-Wan und Yoda. Die beiden Jedi benutzten ihre Fähigkeiten zur Gedankenkontrolle, um an der Roten Garde vorbeizukommen, setzten ihre Kapuzen auf und gingen davon. Bail sah ihnen mit großer Besorgnis hinterher. Sie waren ohne Zweifel zwei der besten und mächtigsten Jedi der Galaxis, und sie waren auf der Hut – aber hier gab es Tausende von Klonkriegern und Sicherheitswachen. Wenn sie entdeckt würden und es zum Kampf käme …

Aber es gab nichts, was er dagegen tun konnte. Er wies Captain Antilles an, den Raumkreuzer jederzeit startbereit zu halten. Dann gab er seinen Assistenten ein Zeichen und machte sich auf den Weg zum Senat.

Es war beinahe erschreckend, das Senatsgebäude in einem solch … normalen Zustand zu sehen. Die endlosen Schlangen der Verkehrswege zogen sich auf allen Ebenen um das Bauwerk, so als wäre nichts Außergewöhnliches geschehen.

Als Bail im großen Saal ankam, erwartete ihn ein noch größerer Schock. Dort, in der zentralen Kanzel, stand eine finstere, vermummte Gestalt, flankiert von Mas Amedda und Sly Moore. Die Stimme klang wie die von Kanzler Palpatine, aber …

Dann konnte Bail die Worte verstehen, die der Kanzler sprach. „Der Anschlag auf mein Leben hat mich vernarbt und deformiert, aber ich versichere Euch, dass mein Wille noch nie stärker war."

Na ja, das erklärt die Kapuze. Bail verpasste die nächsten Sätze, als er sich nach der Kanzel von Naboo umsah. Senatorin Padmé Amidala würde wissen, was vor sich ging. Er ging schnell zu ihr. „Ich wurde aufgehalten", sagte er leise. „Was ist geschehen?"

Padmé sah ihn bedrückt an. „Der Kanzler ließ sich über ein Komplott der Jedi aus, den Senat zu stürzen."

„Aber das ist nicht wahr!"

Doch Padmé sah ihn hoffnungslos an. „Er legt schon den ganzen Tag Beweise vor."

Und der Senat wird sich das einfach bieten lassen, so wie immer. Aber weshalb wollte Kanzler Palpatine die Jedi vernichten, wo der Krieg doch vorbei war …

Palpatine schien Bails Gedanken gelesen zu haben, denn die Stimme aus der zentralen Kanzel verkündete: „Der Krieg ist vorbei! Die Separatisten sind besiegt und die Rebellion der Jedi wurde verhindert! Wir stehen vor einem neuen Anfang!"

Applaus brandete im Senat auf. Bail starrte die vermummte Gestalt des Kanzlers verständnislos an, während der Lärm lauter und lauter wurde. Jetzt war eigentlich der Zeitpunkt gekommen, an dem der Kanzler seine Notfall-Befehlsgewalt aufgeben müsste, um die Republik wieder zur Demokratie zurückzuführen. Aber die Jedi …

Der Applaus begann zu verebben. Der Kanzler hatte die Hand erhoben. Als es in der Arena endlich wieder still war, sagte er: „Um unsere Sicherheit und dauerhafte Stabilität zu gewährleisten, wird die Republik nun in das Erste Galaktische Imperium umgewandelt. Und dieses wird, das garantiere ich Euch, zehntausend Jahre Bestand haben!"

Imperium? Bail sah Padmé Amidala entsetzt an. Ihr Gesicht zeigte dieselben Gefühle. Von allen Möglichkeiten hatten sie diese zuletzt erwartet! Und der Senat applaudierte! Palpatine fuhr fort und beschrieb sein neues Imperium in großen Worten, und mit jedem Satz wurde der Applaus lauter. Als Padmé sich abwandte, sah Bail Tränen in ihren Augen.

„So stirbt also die Freiheit", sagte sie leise. „Unter tosendem Applaus ..."

Dann endlich regte sich etwas in Bails Verstand. Er war ein Senator. Er konnte gegen diese ... Abscheulichkeit protestieren. Er wollte aufstehen, doch Padmé hielt ihn mit der Hand zurück. Er sah sie fassungslos an. „Wir dürfen das nicht zulassen!", sagte er. Sie musste in diesem Punkt doch mit ihm einig sein!

Doch Padmé schüttelte den Kopf. „Nicht jetzt", sagte sie. Sie warf einen Blick zum Podium und dann zu den Ausgängen, und zum ersten Mal fielen Bail die Roten Gardisten und Klonkrieger auf, die überall in Bereitschaft standen. Es sah so aus, als hätten sie schon immer dort gestanden – vor Jahren zunächst als Teil der Zeremonie und später, während des Krieges, als Sicherheitsmaßnahme zum Schutz der Senatoren. Aber wen würden sie jetzt beschützen?

Bail durchfuhr ein kalter Schauder, und er ließ sich wieder in seinen Sessel sinken. Padmé nickte traurig. „Die Zeit wird kommen", sagte sie, doch es klang mehr nach einer Hoffnung oder einem Traum, und weniger nach Überzeugung.

Ja. Die Zeit wird kommen, dachte Bail. Als er die Gestalt in der Mitte des Saales ansah, spürte er, wie sich seine Gesichtsmuskeln verhärteten. Sein ganzes Leben hatte er der Demokratie gewidmet. Und er würde den Rest seines Lebens damit zubringen, wiederherzustellen, was der Kanzler – nein, der Imperator – vernichtet hatte.

Es schmerzte Obi-Wan, die dichte Rauchwolke über dem Jedi-Tempel zu sehen. Doch es schmerzte noch mehr, als er beim Eintreten Klone in Jedi-Roben sah, die jeden echten Jedi, der ankam, aus dem Hinterhalt erschießen würden. Doch den größten Schmerz verursachten ihm die überall umherliegenden leblosen Körper der Wesen, die er gekannt und mit denen er gearbeitet hatte. Selbst Padawane und Jünglinge. Keiner hatte überlebt.

Am schlimmsten war es bei den Toten, die nicht mit Laserschüssen, sondern mit einem Lichtschwert getötet worden waren. *Der Sith-Lord!*, dachte Obi-Wan. Wer sonst würde ein Lichtschwert gegen die Jedi einsetzen? Obi-Wan schluckte. Es musste der Sith gewesen sein. Niemand sonst würde … er *musste* es gewesen sein.

Obi-Wan und Yoda hatten keine Probleme, sich der ersten Klone zu entledigen, denen sie begegneten. Und als sie erst einmal im Tempel waren, stellten die anderen auch kein Problem mehr dar. Der Jedi-Tempel war ein riesiges System von Gängen und Räumen; neue Padawane brauchten oft Jahre, um sich in all den verschiedenen Teilen des Tempels zurechtzufinden. Und die Klone waren noch nicht einmal einen Tag hier.

Dennoch kostete es Zeit, ihnen aus dem Weg zu gehen. Als Obi-Wan und Yoda das Hauptkontrollzentrum erreichten, war es bereits Nacht geworden. Yoda stand Wache, während Obi-Wan das Funkfeuer zurücksetzte und noch ein paar Kniffe einbaute, damit niemand dahinter kam, was er getan hatte. Als Yoda ihm einen ungeduldigen Blick zuwarf, erklärte Obi-Wan: „Ich habe den Code so verändert, dass er die überlebenden Jedi warnt." Das war viel besser, als das Funkfeuer einfach abzuschalten.

„Gut." Yoda nickte zustimmend. „Lange es dauern wird, bis die neue Kalibrierung sie bemerken. Sie rückgängig zu machen noch länger." Er deutete auf die Tür. „Schnell."

Doch Obi-Wan schüttelte den Kopf und ging zum Hologrammbereich hinüber. Als er eine der Taste drückte, um die Aufzeichnungen abzuspielen, sagte Yoda sanft: „Meister Obi-Wan, Ihr kennt die Wahrheit schon. Sich ihr zu stellen nur Zorn und Schmerz zur Folge hat."

Nein. Er musste das Töten sehen. Er musste das Gesicht des Sith-Lords sehen, der geholfen hatte, all die Jedi im Tempel abzuschlachten. „Ich muss es wissen, Meister." Sein Finger berührte den Knopf.

Ein Hologramm baute sich auf und zeigte das Gemetzel in allen Details. Klonkrieger, die ohne Vorwarnung Jedi niederschossen. Und dann blitzte ein Lichtschwert in den Händen einer vermummten Gestalt auf, die einen Jedi nach dem anderen niedermähte. Obi-Wan beugte sich nach vorn. Die Gestalt drehte sich um. Es war Anakin.

„Das kann nicht sein", sagte Obi-Wan mit gebrochenem Herzen. „Das kann nicht sein!"

Doch die holografische Aufzeichnung zeigte keine Gnade. Sie spielte den Kampf genauso wieder, wie er stattgefunden hatte, und Obi-Wan musste zusehen, wie Anakin wieder und wieder tötete. Dann betrat eine zweite Gestalt die Szenerie, ebenfalls unter einer Kapuze verborgen. Zu Obi-Wans Schrecken drehte sich Anakin um und fiel vor der Gestalt auf die Knie.

„Die Verräter sind vernichtet, Lord Sidious“, sagte Anakin und verneigte sich.

„Gut, gut.“ Die Stimme – das war doch Kanzler Palpatine! *Er* war Darth Sidious, der Sith-Lord? „Du hast dich gut geschlagen, mein neuer Schüler. Spürst du, wie deine Macht größer wird?“

„Ja, mein Meister“, sagte Anakin, und Obi-Wan erschauderte.

„Lord Vader, deine Kräfte sind größer als bei jedem anderen Sith vor dir“, sagte die vermummte Gestalt. „Jetzt geh und bringe dem Imperium den Frieden.“

Dem Imperium? Obi-Wans Finger flogen über die Tastatur des Holoprojektors und schalteten die Szene ab, die viel zu schmerzhaft war, um sie noch weiter zu ertragen. Stattdessen durchsuchte er das Holonetz nach aktuellen Nachrichten. Nach wenigen Sekunden hatten die beiden Jedi herausgefunden, was im Senat geschehen war, während sie sich durch die ruhigen Gänge des Tempels geschlichen hatten. Kanzler Palpatine – der Sith-Lord Darth Sidious – hatte die Republik aufgelöst und ein Imperium ausgerufen. Die Sith regierten wieder die Galaxis.

Obi-Wan schaltete das Hologramm ab. Die beiden Jedi standen schweigend da. Wie lange hatte Darth Sidious das schon geplant? Er hatte offensichtlich den Krieg zu seinem Vorteil genutzt und Count Dooku war ein Sith gewesen. Und dann erinnerte Obi-Wan sich. An den ersten Sith, dem er begegnet war, als er noch ein Padawan gewesen war. Der Sith mit dem Zweiklingen-Lichtschwert, der seinen Meister Qui-Gon Jinn getötet hatte. Reichte das Komplott so weit in die Vergangenheit zurück?

Ja, so musste es sein. Jetzt übersah er den ganzen ebenso klugen wie gut getarnten Plan. Die Jedi wussten, dass Darth Sidious die Handelsföderation damals dazu gebracht hatte, den Krieg auf Naboo zu beginnen. Jetzt erkannte Obi-Wan den wahren Hintergrund dieses Krieges: Es war die Gelegenheit für Senator Palpatine gewesen, Oberster Kanzler Palpatine zu werden. Und dann musste er Count Dooku zur Dunklen Seite gezogen haben, damit die Separatisten zum Zeitpunkt seiner regulären Amtsniederlegung einen zweiten, größeren Krieg beginnen würden. Aufgrund der Bedrohung durch die Separatisten hatte der Senat Kanzler Palpatine angefleht, weiter im Amt zu bleiben und ihm mehr und mehr ‚Notfall-Befehlsgewalten' verliehen, damit man einen Krieg gewinnen konnte, der immer wieder zu Ende zu sein schien, aber niemals wirklich gewonnen wurde.

Selbst die Klontruppen waren Teil des Planes, denn die Jedi hatten ohne Argwohn akzeptiert, dass Meister Sifo-Dyas ihre Erschaffung arrangiert hatte. Aber Sifo-Dyas war schon lange tot gewesen, als sie davon erfahren hatten. Und der Kopfgeldjäger, der das ursprüngliche genetische Material für die Klone zur Verfügung gestellt hatte … er hatte Obi-Wan erzählt, dass ihn ein Mann namens Tyranus rekrutiert hatte. *Ich wette, es gab zu dieser Zeit einen Darth Tyranus! Weshalb war mir das damals nicht klar?*

Der Krieg hatte im Laufe der Jahre die Reihen der Jedi gelichtet und die verbliebenen auf viele Welten verstreut, damit sie eine leichtere Beute sein würden, wenn einst der finale Angriff starten würde. Und jetzt waren nur noch zwei von ihnen übrig, hier auf Coruscant. Obi-Wan konnte nur hoffen, dass anderswo noch weitere Jedi überlebt hatten, doch die Verwüstung, die er in den letzten Stunden gesehen hatte, hatte ihn davon überzeugt, dass auf Coruscant kein anderer Jedi mehr am Leben war.

Endlich brach Yoda das Schweigen und sprach aus, was sie beide wussten. „Die Sith vernichten wir müssen."

Nicht nur Imperator Palpatine. Die Sith. Es gibt immer zwei, einen Meister und einen Schüler. Sie sind zu zweit und wir sind zu zweit. Und einer von ihnen ist … „Schickt mich, um den Imperator zu vernichten", sagte Obi-Wan. Er senkte den Kopf. „Ich werde Anakin nicht töten."

Yoda sah ihn streng an. „Um diesen Lord Sidious zu vernichten, mächtig genug Ihr nicht seid."

Ich weiß, aber … „Anakin ist für mich wie ein Bruder", sagte Obi-Wan voller Qualen. „Ich kann das nicht tun."

„Von der Dunklen Seite verändert der junge Skywalker wurde", sagte Yoda mit fester Stimme. „Der Junge, den ausgebildet Ihr habt, es nicht mehr gibt. Eingenommen von Darth Vader."

Obi-Wan zuckte zusammen. „Wie konnte es dazu kommen?"

„Für Fragen keine Zeit nun ist." Yoda ging zur Tür der Kontrollzentrale.

„Ich weiß nicht, wohin ihn der Imperator geschickt hat", sagte Obi-Wan in einem letzten verzweifelten Versuch, sich der Pflicht zu entziehen, der er sich stellen musste. „Ich habe keine Ahnung, wo ich suchen soll."

„Benutzt Eure Gefühle, Obi-Wan, und finden Ihr ihn werdet", sagte Yoda, so als würde er einen widerwilligen Padawan unterrichten. „Den neuen Imperator zu besuchen meine Aufgabe ist." Er sah Obi-Wan verständnisvoll, aber ohne Erbarmen an. „Möge die Macht mit Euch sein."

„Möge die Macht mit Euch sein, Meister Yoda", gab Obi-Wan zurück. Yoda hatte wie immer Recht. Er wusste, wo er die Suche nach Anakin beginnen musste.

Kapitel 17

Padmé war noch wach, als der Alarm losging. Sie griff nach der Laserpistole, die sie neben ihrem Bett versteckt hatte, doch der Alarm verstummte schon wieder. Falscher Alarm? Sie prüfte das Display und sah, dass C-3PO den Alarm abgeschaltet hatte. Sie zog sich schnell etwas an und ging nach unten. C-3PO würde niemals absichtlich einen Feind hereinlassen, doch er besaß auch nicht immer das beste Urteilsvermögen. Und in diesen Zeiten war auch nicht immer klar, wer Freund und wer Feind war.

Sie hörte Stimmen, als sie die Treppe herunterkam. C-3PO sprach mit ... „Meister Kenobi!". Padmé nahm schnell die letzten Stufen, als sich der Protokoll-Droide diskret zurückzog. „Oh! Obi-Wan, ich bin so froh, dass Ihr am Leben seid!"

„Die Republik wurde gestürzt, Padmé", sagte Obi-Wan schwermütig. „Der Jedi-Orden besteht nicht mehr."

„Ich weiß." Padmé sah ihn an und entdeckte neue Furchen in seinem Gesicht. „Es ist kaum zu glauben." Sie holte tief Luft. „Aber der Senat ist noch intakt. Es gibt noch Hoffnung."

„Nein, Padmé", erwiderte Obi-Wan traurig. „Es ist vorbei. Die Sith herrschen über die Galaxis, so wie sie es vor der Republik getan haben."

Padmé starrte ihn ungläubig an. „Die *Sith?*" Es war Palpatine, der an der Spitze der Repub… des Imperiums stand. Wollte Obi-Wan damit sagen, dass Palpatine ein Sith-Lord war?

„Ich bin auf der Suche nach Anakin", fuhr Obi-Wan fort. „Wann habt Ihr ihn das letzte Mal gesehen?"

„Gestern", sagte Padmé vorsichtig. In ihrem Kopf drehte sich alles. Anakin hatte ihr gesagt, dass seine Loyalität der Republik und dem Kanzler galt …, aber wenn der Kanzler ein Sith war und die Republik nicht mehr existierte, was hatte das zu bedeuten? Und was wäre, wenn es wirklich ein Jedi-Komplott gegeben hatte? Nein, nein, das konnte sie einfach nicht glauben. Und doch … sie durfte Obi-Wan nicht zu viel sagen, bevor sie alle Zusammenhänge verstand.

„Wisst Ihr, wo er jetzt gerade ist?"

Sie konnte Obi-Wan nicht in dessen müdes, besorgtes Gesicht schauen und ihn anlügen. Sie senkte den Blick. „Nein."

„Padmé, ich brauche Eure Hilfe", sagte Obi-Wan. „Er ist in großer Gefahr."

„Durch die Sith?" Padmé spürte einen Anflug von Erleichterung. Anakin war ein Jedi. Wenn die Sith auf irgendeine Weise hinter den Geschehnissen steckten, war es auch nachvollziehbar, dass er in Gefahr war. Doch Obi-Wan schüttelte den Kopf, und ihr Herz wurde von Kälte gepackt, noch bevor er die Worte aussprach.

„Anakin ist zur Dunklen Seite der Macht übergetreten."

„Ihr irrt Euch!", schrie Padmé. „Wie könnt Ihr so etwas sagen?"

„Ich sah Hologrammaufzeichnungen, in denen er … Jünglinge umbrachte."

„Nicht Anakin!“, protestierte Padmé. „Dazu wäre er nicht imstande!“ Doch er hatte es schon einmal getan, als er die Sandleute umbrachte, die seine Mutter getötet hatten. *Damals war er zornig gewesen. Er hatte die Kontrolle verloren. Er würde nicht einfach … er würde nicht …*

Obi-Wan redete noch immer. Er erzählte noch viel furchtbarere Dinge. Dass Palpatine ein Sith-Lord sei und Anakin sein neuer Schüler wäre. „Ich glaube Euch nicht!“, stieß Padmé hervor. „Ich kann Euch nicht glauben!“

Die müde, traurige Stimme verstummte. „Ich muss ihn finden“, sagte Obi-Wan nach einer kurzen Pause.

Aber wenn er … wenn Ihr denkt, dass er ein Sith ist … „Ihr werdet ihn töten, nicht wahr?“, sagte sie. Es war halb eine Anschuldigung und halb ein Flehen, dass er es leugnen sollte.

Doch Obi-Wan leugnete nichts. Er senkte den Kopf. „Anakin ist eine sehr große Bedrohung geworden“, sagte er.

Padmé sank überwältigt von den Schrecken dieser Minuten in einen Sessel. Sie sah, wie Obi-Wans Miene sich veränderte und plötzlich wurde ihr klar, dass sie ihre Robe so dicht um sich gezogen hatte, dass die Rundungen ihrer Schwangerschaft unverkennbar zu sehen waren. Sie zog die Robe zu spät zur Seite. „Ich kann nicht …“

„Anakin ist der Vater, habe ich Recht?“, sagte Obi-Wan sanft. Als sie nicht antwortete, schüttelte er den Kopf. „Es tut mir so Leid.“ Er zog seine Kapuze hoch und ging zur Veranda. Padmé sah, dass dort ein Luftgleiter stand. Die Maschine musste den Alarm ausgelöst haben. Sie fühlte sich zerrissen. Wenn Obi-Wan Recht hatte, musste sie ihn zurückrufen und ihm sagen, wohin Anakin aufgebrochen war. Aber sie konnte Anakin nicht verraten. Jedoch …

Der Luftgleiter flog davon. Obi-Wan war verschwunden. Padmé saß mit gesenktem Kopf da und stellte nach einem Augenblick fest, dass sie die Japor-Halskette anstarrte. *Anakin.* Sie brauchte ihn hier und jetzt, um ihr all diese furchtbaren Dinge zu erklären. Um ihr zu sagen, dass sie nicht stimmten. Doch Anakin war auf Mustafar.

Lange Zeit später sah Padmé wieder auf. Sie ging entschlossen zu einem Comlink. „Captain Typho, macht ein interstellares Skiff bereit", sagte sie und ging wieder in ihr Schlafzimmer, um sich anzukleiden. Wenn Anakin auf Mustafar war, würde sie zu ihm gehen.

Obi-Wan schlich durch die Dunkelheit am Rande der Landeplattform. Padmé zu folgen war nicht schwer gewesen. Obwohl sie sich schon so oft in gefährlichen Situationen befunden hatte, hatte sie nie gelernt, die Schatten nach möglichen Bedrohungen abzusuchen, und ihre Leibwächter hatten keinen Grund anzunehmen, dass sie verfolgt wurde. *Sie glaubt immer an das Gute, bis sie gezwungen ist, dem Schlimmsten ins Auge zu sehen,* dachte er traurig. Ein solches Vertrauen sollte eigentlich eine Stärke und keine Schwäche sein.

An Captain Typhos Tonfall war abzulesen, dass ihr Sicherheitsoffizier im Augenblick alles andere als glücklich mit der Senatorin war. „Mylady", sagte der Captain, „lasst mich mit Euch kommen."

„Es besteht keine Gefahr", sagte Padmé zu ihm. „Die Kämpfe sind vorüber und ... dies ist eine persönliche Sache."

Wahrscheinlich diskutieren sie, seitdem sie aus der Wohnung der Senatorin aufgebrochen sind, dachte Obi-Wan.

Captain Typho blieb am Fuß der Ausstiegsrampe stehen und

verneigte sich. „Wie Ihr wünscht, Mylady“, sagte er förmlich. „Aber ich widerspreche nachhaltig.“

„Alles wird gut, Captain“, sagte Padmé leise. „Diese Angelegenheit muss ich allein erledigen.“ Sie wartete, bis der Captain wieder in den Gleiter eingestiegen und davongeflogen war. Dann ging sie mit ihrem Protokoll-Droiden an Bord des Skiffs. Die Triebwerke liefen an und die Rampe fuhr ein.

Jetzt!, dachte Obi-Wan und sprang. Er landete kontrolliert am Ende der Rampe und hechtete ins Innere des Skiffs, kurz bevor sich die Luke endgültig schloss. Padmé und ihr Droide saßen im Cockpit. Sie hatten nicht gesehen, dass er an Bord gekommen war, und als sich das Skiff sicher im Raum befand, hatte Obi-Wan ein Versteck gefunden. Jetzt konnte er nichts weiter tun als abwarten.

Yoda blieb vor der unterirdischen Tür des Büros im Keller des Senatsgebäudes stehen. Dies war der Wirkungsbereich von Mas Amedda, der einst stellvertretender Vorsitzender des Senats gewesen und jetzt Haushofmeister von Kanzler ... Imperator Palpatine war. Hier bereitete Mas Amedda die Leitung der Senatsversammlungen vor, von hier aus erhob sich die Plattform des Kanzlers in die Mitte des Saales. Und die Macht sagte Yoda, dass Palpatine heute Nacht hierher kommen würde, um seinen bösen Plan abzuschließen.

Yoda näherte sich leise der Tür. Alle vier Wesen im Raum – zwei Rote Gardisten, Mas Amedda und die vermummte Gestalt von Darth Sidious – waren zu sehr mit dem Hologramm in der Mitte des Raumes beschäftigt, um Notiz von Yoda zu nehmen. Offensichtlich erstattete Darth Vader, der ehemalige Jedi Anakin Skywalker, gerade Bericht.

„… erledigt, mein Meister", sagte Vader.

„Gut, gut", gab Sidious zurück. „Schick eine Nachricht an alle Schiffe der Handelsföderation. Teile ihnen mit, dass die Anführer der Separatisten ausgelöscht wurden."

„In Ordnung, mein Lord."

„Du hast dich gut geschlagen, Lord Vader."

Als das Hologramm verblasste, betrat Yoda den Raum. Und bevor die Wachen reagieren konnten, schleuderte er sie mit Hilfe der Macht gegen die Wand. Sie sackten zu regungslosen Haufen zusammen. „Einen neuen Schüler Ihr habt, Kanzler", sagte Yoda. „Oder sollte ich Euch Imperator nennen?"

„Meister Yoda." Der Imperator senkte den Kopf. „Ihr habt überlebt."

„Überrascht?"

„Eure Arroganz blendet Euch, Meister Yoda", zischte Darth Sidious. „Jetzt werdet Ihr die ganze Kraft der Dunklen Seite erfahren." Er hob die Arme und schleuderte Yoda mit blauen Machtblitzen quer durch den Raum.

Mas Amedda sah vom Kanzler zu Yoda, und seine Augen verengten sich bösartig. Er drehte sich um und verließ den Raum. Eine neue Welle Dunkler Macht ergriff Yoda und schleuderte ihn mit Wucht gegen die Wand. Yoda nutzte die Macht, um den Aufprall zu dämpfen und gab vor, ohnmächtig zu sein. *Eine Überraschung ich ihm bereiten werde.*

„Ich habe lange auf diesen Augenblick gewartet, mein kleiner grüner Freund", spottete Darth Sidious. Als er näher kam, stieß sich Yoda vom Boden ab und warf sich auf den Sith-Lord. Er warf Darth Sidious über den Schreibtisch und sah auf ihn herab.

„Am Ende Eure Herrschaft ist", sagte Yoda. „Und nicht zu

kurz sie war, ich muss sagen.“ Er zündete sein Lichtschwert und ließ es herabsausen – nur, um von der blutrot leuchtenden Klinge des Sith empfangen zu werden.

Kapitel 18

Selbst aus dem All betrachtet, leuchtete Mustafar wie ein glühendes Stück Kohle. Im Landeanflug sah Padmé Flüsse aus Lava und ganze Ozeane aus geschmolzenem Stein. Aus Rissen in der geschwärzten Oberfläche drang Feuer aus dem Herzen des Planeten, und Rauch stieg aus schwarzen Schloten auf. Es war nicht einfach, das Skiff in den ständig wechselnden Luftströmungen unter Kontrolle zu halten, doch irgendwann brachte C-3PO eine sichere Landung zustande.

Padmé sah durch die Cockpitscheibe, wie Anakin erwartungsvoll auf die Landeplattform zulief. Sie legte schnell die Gurte ab und rannte hinaus, um ihn zu begrüßen. Seine Berührung gab ihr Zuversicht; seine Umarmung vermittelte ihr endlich wieder ein Gefühl der Sicherheit. „Es ist gut", murmelte er. „Du bist jetzt in Sicherheit."

Sie sah dankbar auf. „Was machst du hier draußen?", fragte sie ihn. All die Dinge, die sie seit ihrem Aufbruch auf Coruscant aus ihren Gedanken verbannt hatte, fielen ihr wieder ein. Sie sah zu Boden. „Obi-Wan erzählte mir furchtbare Dinge."

Sie spürte, wie Anakin sich anspannte. „Was für Dinge?"

„Es sagte mir, du wärest zur Dunklen Seite übergelaufen", platzte sie heraus. „Dass du Jünglinge getötet hättest." Die Worte klangen wie eine Anschuldigung, selbst in ihren eigenen Ohren. So hatte sie ihn nicht nach der Wahrheit fragen wollen.

„Obi-Wan versucht, dich gegen mich aufzubringen", sagte Anakin, und sie hörte die Spuren furchtbaren Hasses in seiner Stimme.

„Er macht sich Sorgen um dich", gab Padmé zurück. „Er will dir helfen."

„Lüg mich nicht an, Padmé", sagte Anakin. Er ließ die Arme sinken. „Ich wurde mächtiger, als irgendein Jedi je zu träumen wagte. Und ich habe es für dich getan. Um *dich* zu beschützen."

Was hat das mit Obi-Wan zu tun? Mit dem, was er sagte? Doch sie wusste es. Es war Anakins Ausrede für die furchtbaren Dinge, die er getan hatte, was auch immer sie waren. Als ob er alles rechtfertigen könnte, indem er sagte: ‚Ich tat es aus Liebe, ich tat es für dich.' Padmé zog sich zurück. „Ich will deine Kräfte nicht." Sie schluckte. „Ich will deinen Schutz nicht." Sie streckte flehend die Arme aus. Sie sehnte sich nach dem Mann, den sie liebte, und der er nicht mehr war. „Anakin, alles, was ich will, ist deine Liebe."

„Liebe wird dich nicht retten", sagte Anakin, und es klang wie eine Bedrohung. „Nur meine neuen Kräfte können das tun."

„Aber um welchen Preis?", fragte Padmé. „Du bist ein guter Mensch! Tu das nicht!"

„Ich werde dich nicht so verlieren, wie ich meine Mutter verloren habe!"

„Komm mit mir mit." Sie legte eine Hand auf ihren Bauch. „Hilf mir, unser Kind aufzuziehen. Lass alles andere hinter dir, solange es noch geht."

„Verstehst du denn nicht?" Anakin trat näher an sie heran und sah sie eindringlich an. „Wir müssen nicht mehr weglaufen. Ich habe der Republik den Frieden gebracht. Ich bin mächtiger als der Kanzler. Ich kann ihn stürzen, und zusammen können du und ich über die Galaxis herrschen! Wir können die Dinge so gestalten, wie wir sie haben wollen!"

Padmé zog sich ganz von Anakin zurück. „Ich kann nicht glauben, was ich da höre! Obi-Wan hatte Recht! Du hast dich verändert!"

„Ich will nichts mehr von Obi-Wan hören!" Anakin konnte sich nicht mehr zurückhalten. Doch Padmés Angst musste sich auf ihrem Gesicht widergespiegelt haben, denn er machte einen Versuch, sich wieder unter Kontrolle zu bringen. „Die Jedi wandten sich gegen mich", sagte er in einem sanfteren Tonfall. „Wende du dich nicht auch noch gegen mich."

Ich bin nicht gegen dich. Ich bin gegen das, was du getan hast und was du zu tun planst. „Ich erkenne dich nicht wieder", sagte sie. Erkannte er denn nicht, was er da tat? Spürte er denn nicht, wie ihr Herz zerbrach? „Ich werde dich immer lieben, aber du gehst nun einen Weg, auf dem ich dir nicht folgen kann." Sie griff voller Verzweiflung nach der Verbindung, die sie in der Macht zueinander hatten, nach diesem einen Moment, in dem sie ihn vollkommen begriffen hatte, obwohl sie nicht einmal beieinander gewesen waren.

Doch selbst ein Jedi konnte keine Macht-Verbindung nur durch den bloßen Versuch herstellen, und Padmé war keine Jedi. In ihrer Verzweiflung fand sie nur einen winzigen Faden von dem, was sie einst verbunden hatte, dünner als ein Strang Spinnseide. Sie spürte darin immer noch eine vertraute Spur von ... Güte? Das machte ihr Hoffnung. Sie sprach zu diesem

Teil in ihm und versuchte, den Anakin zurückzurufen, der ihr Ehemann, ihr Liebster, der Vater ihres Kindes gewesen war. „Gib jetzt auf", flehte sie ihn an. „Komm zurück. Ich liebe dich!"

Einen Augenblick – einen winzigen Augenblick – dachte sie, sie hätte Erfolg. Doch dann veränderte sich Anakins Miene. „Lügner!", schrie er.

Er schaute jemanden an, der hinter ihr stand. Padmé drehte sich um und sah, dass Obi-Wan im Ausstieg des Skiffs stand. *Er hat mich hereingelegt!* „Nein!", stieß sie in dem Wissen hervor, dass der neue Anakin jetzt nicht mehr auf sie hören würde.

„Du hast mich verraten!" Anakins Gesicht war beinahe unkenntlich vor Hass, als er Padmé anschrie. Als er die Hand hob und zur Faust ballte, spürte Padmé plötzlich, wie etwas ihre Kehle zuschnürte und sie keine Luft mehr bekam.

Nein! Töte unser Kind nicht! Doch sie hatte keine Luft, um zu schreien, und selbst der verbindende Geist der Macht war verschwunden. Die Welt um Padmé wurde schwarz, und sie spürte, wie sie zu Boden ging. Ihr letzter wacher Gedanke war ein Gefühl der Erleichterung. Sie würde lieber hier und jetzt sterben, als miterleben müssen, was aus Anakin geworden war.

Obi-Wan rannte los, als Padmé zusammenbrach. Er warf seinen Umhang nach hinten und beugte sich zu ihr hinunter. Sie war noch am Leben, und wie er spürte, nicht in unmittelbarer Gefahr. Doch Anakin war bereits da, das Gesicht zu einer wütenden Fratze verzerrt. „Ihr habt sie gegen mich aufgebracht!", schrie er Obi-Wan die Beschuldigung ins Gesicht.

„Das hast du selbst getan“, erwiderte Obi-Wan. Hier, in Anakins Gegenwart, konnte er etwas spüren, was das Hologramm ihm nicht hatte zeigen können: Die trübende Wolke der Dunklen Seite, die seinen ehemaligen Schüler umgab. Sie machte ihm die vor ihm liegende Pflicht ein wenig – ein ganz klein wenig – leichter. „Du hast dir von der Dunklen Seite bis jetzt noch nie deine Sichtweise verzerren lassen … und nun bist du selbst zu dem geworden, was du zu vernichten geschworen hast.“

„Bringt mich nicht dazu, Euch zu töten“, sagte Anakin.

Die Worte bohrten sich direkt in Obi-Wans Herz. Es musste doch noch etwas von seinem ehemaligen Schüler übrig sein, wenn er das sagte? Doch selbst wenn es so war: Es war noch nie ein Jedi von der Dunklen Seite zurückgekehrt. Yoda hatte sie alle wieder und wieder während ihrer Ausbildung gewarnt. *Wenn einmal den Weg der Dunklen Seite ihr eingeschlagen habt, für immer besiegelt euer Schicksal wird sein.* Anakin hatte sich zur Dunklen Seite gewandt. Es war zu spät für ihn.

„Meine Treue gilt der Republik, Anakin“, sagte Obi-Wan traurig. „Der Demokratie.“

„Ihr seid auf meiner Seite oder gegen mich“, gab Anakin zurück.

„Nur ein Sith-Lord handelt in Absoluten, Anakin“, sagte Obi-Wan und zündete sein Lichtschwert. *Jetzt werde ich tun, was ich tun muss.*

Anakin verzog das Gesicht, als er sein Lichtschwert zündete und der Kampf begann.

Stark der Sith-Lord ist, dachte Yoda, als ihre Lichtschwerter umherwirbelten, aufeinander trafen und wieder durch die Luft zuckten. Doch das hätte ihn nicht überraschen sollen. Da die Dunkle Seite stärker geworden war, mussten logischerweise auch die Sith stärker geworden sein. Bislang hatten sein jahrelanges Studium der Macht, seine Erfahrung und seine Stärke immer ausgereicht, um dem Gegner standzuhalten. Doch dieses Mal war er sich nicht so sicher.

Aber auch Palpatine schien sich nicht ganz sicher zu sein. Er sprang plötzlich hoch in die Luft und segelte in Richtung der Tür. Yoda machte einen Rückwärtssalto, stieß sich von der Wand ab und erreichte den Ausgang vor ihm. „Wenn so mächtig Ihr seid, weshalb gehen Ihr wollt?"

„Ihr werdet mich nicht aufhalten", krächzte der neue Imperator. „Darth Vader wird mächtiger werden als jeder von uns."

„Das Vertrauen in Euren neuen Schüler falsch sein könnte", gab Yoda zurück. *So wie Euer Glauben an die Dunkle Seite der Macht.* Selbst wenn Palpatine ihn hier und jetzt tötete, so würde die Dunkle Seite nicht wirklich gewinnen. Die Dunkle Seite war Zorn, Hass, Verzweiflung – die Macht von Verderbnis und Zerfall. Die Sith waren mächtig, wenn es um Vernichtung und Zerstörung ging, doch sie konnten nichts Bleibendes aufbauen. Palpatine konnte von Glück reden, wenn sein zehntausendjähriges galaktisches Imperium ihn selbst überlebte.

Dieser Gedanke gab Yoda neue Kraft und er legte neue Vehemenz in seinen Angriff. So trieb er Palpatine wieder tiefer in den Raum hinein, bis auf die Plattform des Kanzlers. Palpatine bediente die Steuerung, und sofort begann sich das Podium zu heben, bis hinauf in den Senatssaal. Doch die Kanzel schwebte nur langsam nach oben. Yoda blieb genügend Zeit, in die Luft zu springen und neben dem Imperator zu landen. Der Kampf ging weiter.

Das Duell wurde immer heftiger, je höher die Plattform in den Saal stieg. Zweimal hätte Yoda es beinahe geschafft, Palpatine über die Kante zu stoßen. Sie waren jetzt so hoch, dass ein Sturz tödlich sein würde – selbst für einen Sith-Lord. *Oder für einen Jedi-Meister.* Der enge Raum in der schwebenden Kanzel bot keine große Bewegungsfreiheit.

Ein Ende diesem Kampf ich machen muss. Yoda verdoppelte die Frequenz seiner Hiebe. Palpatine wehrte einen nach dem anderen ab, bis sein Lichtschwert über den Rand der Plattform in die Tiefe fiel. Yoda hob seine Waffe zum finalen Hieb.

Doch da schossen wieder Macht-Blitze aus den Fingern des Imperators und hüllten Yoda in einen blauen Lichtschein. Yoda hatte schon einmal Macht-Blitzen gegenübergestanden, doch um sie abzuwehren, musste er seinen Angriff gegen den Imperator abbrechen. Als er seine anfängliche Überraschung überwunden hatte, griff er nach der lebendigen Macht. Die Lichtblitze bogen sich nach hinten und schossen zum Imperator zurück.

„Vernichten ich Euch werde", sagte Yoda grimmig. „So wie Meister Kenobi Euren Schüler vernichten wird."

Aber der Sith-Lord verdoppelte seine Angriffe. Ständig Blitze schleudernd, wich er an den Rand der Plattform zurück. Ihm zu folgen war, als liefe man gegen eine Wand aus Gewitterstürmen an. Noch nie hatte Yoda jemanden erlebt, in dem die Dunkle Seite so stark war.

Kurz bevor er seinen Gegner erreichte, wurde Yoda von einem besonders starken Blitz aus der Kanzel geschleudert.

Als er über die Kante flog, wurde Yoda klar, dass Palpatine in einem Punkt Recht gehabt hatte: Er, Yoda, war tatsächlich zu arrogant gewesen. *Es ist eine Schwäche, die immer häufiger anzutreffen ist unter den Jedi,* hatte er einst zu Obi-Wan gesagt. *Zu selbstsicher sie sind.* Und jetzt war er in dieselbe Falle getappt.

Er landete viel früher, als er erwartet hatte, in einer leeren Senatskanzel, die unterhalb der des Kanzlers schwebte. Als er auf die Beine kam, wurde die Kanzel von einem seitlichen Ruck durchfahren, der ihn wieder zu Boden riss. Palpatine benutzte die Dunkle Seite der Macht, um weitere Kanzeln zu lösen und sie gegen Yodas Podium zu stoßen, damit dieser das Gleichgewicht nicht wiederfand.

Dieses Spiel zwei können spielen. Yoda griff mit der Macht hinaus und fing eine der umherfliegenden Kanzeln ab. Er schleuderte sie gegen Palpatine, der gerade noch rechtzeitig ausweichen konnte. Dann machte Yoda einen Satz und sprang zurück auf die Höhe des Kanzlers, wobei er die fliegenden Kanzeln als Treppenstufen nutzte.

Als er Palpatines Kanzel erreicht hatte, traf ihn der Sith-Lord mit einer erneuten Salve aus blauen Blitzen, die Yoda das Lichtschwert aus der Hand schlug. Palpatines Lippen verzogen sich angesichts des bevorstehenden Triumphes, und die Dunkle Seite pulsierte, als er noch mehr Macht-Blitze in seine Dienste rief.

Doch Yoda wehrte sie ab. Die blauen Blitze bildeten in seiner Hand eine leuchtende Kugel, die er dem Sith-Lord in dem Augenblick entgegenschleudern konnte, in dem dieser seinen Angriff unterbrach. Doch Palpatine gab nicht nach. Die Macht-Blitze kamen in einem stetigen Knistern und bauten sich mehr und mehr auf, bis sich keiner der beiden mehr halten konnte und die sich entladende Energie sie aus der Kanzel schleuderte.

Palpatine war größer und schwerer. Er schaffte es, sich im

Fallen am Rand der Kanzel festzuhalten. Yoda hingegen war klein und leicht. Die Explosion schleuderte ihn hoch in die Luft, wo es nichts zum Festhalten gab, und nichts, das seinen Fall bremsen konnte. Halb betäubt begann er seinen langen Sturz zum Boden des Senatssaals.

Kapitel 19

Als sich Anakins Lichtschwert summend näherte, überkam Obi-Wan eine ruhige Gewissheit. Anakin würde ihn töten. Aber er würde es Anakin nicht einfach machen. Er würde alles in den Kampf werfen, was er hatte. Doch er war sich sicher – mit der Sicherheit, die von jeder aus der Macht entstehenden Voraussicht kam – dass er durch Anakins Hand sterben würde.

Sein Lichtschwert zuckte instinktiv nach oben, um den Hieb zu parieren. Sie hatten so oft gemeinsam trainiert, dass sie die jeweiligen Lieblingszüge des anderen kannten. Obi-Wan musste kaum nachdenken, um Anakins Angriff zu entgegnen. Mit summenden Lichtschwertern kämpften sie sich ihren Weg den Korridor entlang hinein ins Kontrollzentrum des Gebäudes. Der Kampf kam Obi-Wan vertraut vor, so als wäre es nur einer von vielen Übungskämpfen, abgesehen von den explodierenden Gegenständen.

Er sah in Anakins Gesicht ähnlich Gefühle. „Bringt mich nicht dazu, Euch zu vernichten", sagte sein ehemaliger Schüler wieder. Dann konnte er Spott in Anakins Gesicht erkennen. „Ihr könnt es mit der Dunklen Seite nicht aufnehmen."

„Das habe ich schon einmal gehört, Anakin", erwiderte Obi-Wan. „Aber ich dachte niemals, dass ich es von dir hören würde."

Sie befanden sich jetzt in einem Konferenzraum. Auf dem Boden lagen enthauptete und auch sonst verstümmelte Gestalten. Obi-Wan erkannte einige Anführer der Separatisten. *Anakin ist schon hier gewesen,* dachte er. Seine Arme waren in dauernder Bewegung, um einen tödlichen Schild aus Licht gegen Anakins Hiebe zu flechten.

Anakin sprang mit einem kleinen Halbsalto auf einen Tisch, um an Höhe zu gewinnen. Doch Obi-Wan hatte so etwas erwartet und folgte ihm nicht. Stattdessen warf er sich auf den Tisch und rutschte unter Anakin hindurch, sodass dieser von den Beinen gerissen wurde.

Im Fallen verlor Anakin sein Lichtschwert. Obi-Wan fing es aus der Luft auf und betrachtete es erstaunt. *Wie will er mich ohne Lichtschwert töten?* Dann stürzte sich Anakin auf ihn, und bevor Obi-Wan reagieren konnte, lag sein ehemaliger Schüler auf ihm. Mit der Linken drückte er Obi-Wans rechte Hand nieder und hielt so das tödliche Lichtschwert ab. Mit seiner mechanischen Rechten kämpfte Anakin um seine Waffe.

Durastahl und Servomotoren waren stärker als Fleisch und Knochen. Anakin wand Obi-Wan das Lichtschwert aus der Hand und griff wieder an.

Der Kampf führte sie wieder hinaus in den Korridor und auf einen Balkon, der über einen Fluss aus Lava hinausragte. Ein dünnes Rohr führte von dem Kontrollzentrum zu einer Sammelanlage auf der anderen Seite des Flusses. Als sich Anakins Angriff intensivierte, war Obi-Wan gezwungen, auf das Rohr zu gehen, wo ihn ein einziger falscher Schritt in die Flammen schicken würde.

Als Yoda fiel, griff er im Geist hinaus, um seinen Sturz mit all seiner über die vielen Jahre gelernten Beherrschung der Macht abzubremsen. Es reichte kaum. Er landete hart, wenn auch nicht zu hart.

Geschunden und zerschlagen, aber noch am Leben, kroch er in einen Wartungsschacht. Es würde keine zweite Chance geben, den Kanzler zu vernichten. Palpatine würde sofort seine Klontruppen zu seinem Schutz herbeirufen. Yoda blieb nichts als die Flucht.

Er aktivierte seinen Comlink und kontaktierte die einzige Person auf Coruscant, der er noch vertrauen konnte – Bail Organa. Der Senator vergeudete keine Zeit mit Fragen nach Erklärungen und folgte Yodas Anweisungen so gewissenhaft wie ein Jedi. Yoda konnte sich schneller als angenommen aus einer Serviceluke in Bails Gleiter fallen lassen und wurde in die Nacht davongetragen.

Als sie ein Stück vom Senat entfernt waren, sah Bail Yoda fragend an. Yoda erzählte ihm das, was wichtig war. „Versagt ich habe."

Bail nickte düster und lenkte seinen Gleiter zum Raumhafen. *Nach Obi-Wan wir suchen werden*, dachte Yoda. *Mehr Glück er vielleicht hatte.*

Darth Sidious beobachtete von der beschädigten Kanzel, wie seine Klontruppen die Schatten des Senatssaals durchsuchten. Mas Amedda hatte sie gerufen, wenn auch zu spät für irgendetwas anderes als Aufräumarbeiten.

Sidious wusste, dass er mit dem Ausgang des Kampfes eigentlich zufrieden sein musste. Er hatte gegen Yoda gewonnen, wenn auch nur knapp. Doch in ihm wuchs eine unbestimmte Unruhe, so als wäre eine gewisse Gefahr noch nicht vollständig gebannt.

Unter ihm stieg der Klon-Commander in eine der Kanzeln und schwebte zu ihm hoch. „Keine Spur von einer Leiche, Sir", berichtete er salutierend.

„Dann ist er nicht tot", gab Mas Amedda zurück.

Sidious nickte und griff mit der Dunklen Seite hinaus, um zu ertasten, wo sich sein Gegner versteckte. Während er das tat, wuchs das Gefühl der Gefahr – und jetzt wurde ihm auch klar, weshalb. Es war keine Gefahr für ihn, sondern für seinen Schüler. Er musste sich persönlich darum kümmern. „Verdoppelt Eure Suchanstrengungen", sagte er zu dem Klon-Commander, obwohl er daran zweifelte, dass es etwas zu finden gab. Er wandte sich an Mas Amedda. „Sagt Captain Kagi, er möge meine Fähre für den sofortigen Aufbruch bereit machen. Ich spüre, dass Lord Vader in Gefahr ist."

Mas Amedda verneigte sich. „Ja, mein Meister."

Die Röhre zu überqueren war schwierig, selbst für einen Jedi. Einmal war Obi-Wan ausgerutscht und beinahe in die Lava gefallen, und nur durch seine Jedi-Reflexe und seine Beweglichkeit hatte er sich noch fangen konnte. Auf der anderen Seite angekommen, drang Anakin wieder auf ihn ein und trieb ihn auf die Sammelplatten.

Doch die Sammelanlage war nicht dafür konstruiert worden, das Gewicht zweier Personen zu tragen, und während des Kampfes im Kontrollzentrum hatten sie die Steuerung der Schilde beschädigt, die dafür sorgten, dass die Gluthitze der Lava die Anlage nicht schwächte. Ein Lavaspritzer aus dem Fluss, der einen der Stützträger zum Schmelzen brachte, erledigte den Rest. Ein riesiger Teil des Sammelarms brach ab und stürzte mit den beiden Jedi hinunter in die Lava.

Der Kampf ging dennoch weiter, obwohl der Sammelarm langsam in der Lava versank. Und keiner der beiden Gegner konnte sich einen Vorteil erkämpfen.

Doch das ist eigentlich nicht wahr, dachte Obi-Wan, während er sich duckte, sein Lichtschwert schwenkte und Anakins Hiebe parierte. Sowohl er als auch Anakin spürten die Qual, die ihnen beiden die Notwendigkeit, den jeweils anderen zu töten, bereitete. Doch Anakin war zur Dunklen Seite übergetreten, und Verzweiflung und Schmerz machte die Dunkle Seite nur stärker. Das verlieh Anakin einen Vorteil, mit dem Obi-Wan es nicht aufnehmen konnte. Es sei denn, er ließ seine eigene Verzweiflung los und ließ sich von der lebendigen Macht erfüllen – von der Macht, die alle lebenden Dinge miteinander verband, selbst Obi-Wan und diesen neuen, tödlichen, bösen Anakin Skywalker.

Es war schwer. Es war vielleicht sogar das Schwierigste, was er jemals zu bewältigen versuchte. Denn wenn er seine Qualen, seine Verzweiflung und seinen Schmerz loslassen wollte, würde er den Anakin loslassen müssen, der sein Schüler gewesen war, sein Bruder und bester Freund. Er musste sich eingestehen, dass er dieses Mal den Mann nicht retten konnte, der sein Leben ein Dutzend Mal oder mehr gerettet hatte, und dessen Leben er mindestens ebenso oft gerettet hatte.

Obi-Wan konnte es nicht tun. Als der Sammelturm tiefer in der Lava versank, suchte Obi-Wan nach einem Ausweg. Eine Droiden-Plattform schwebte in der Luft in der Nähe des Turmes. Obi-Wan schlug noch einmal mit dem Lichtschwert nach Anakin, griff ein frei hängendes Metallseil und schwenkte sich daran in Richtung der Plattform. Am Ende der Flugbahn ließ er los und landete mit einem Salto genau auf der schwebenden Plattform.

Sie kippte hin und her, trug aber sein Gewicht. Er lehnte sich auf eine Seite der Plattform und lenkte sie von dem Sammelturm weg. Vielleicht würden der sinkende Turm und die Lava zu Ende bringen, was er nicht hatte tun können.

Doch als er zurückblickte, stand Anakin schon auf einem Arbeits-Droiden und kam schnell näher. „Eure Nahkampfkünste waren schon immer schlecht", spottete er. „Ihr werdet Der Verhandler genannt, weil Ihr nicht kämpfen könnt!"

„Ich habe bei dir versagt, Anakin", sagte Obi-Wan. „Ich war niemals in der Lage, dir beizubringen, wie man nachdenkt."

Anakin nickte. „Ich hätte wissen müssen, dass die Jedi die Macht ergreifen wollten."

„Von den Sith!", rief Obi-Wan schockiert. „Anakin, Kanzler Palpatine ist das Böse!"

„Aus der Sicht der Jedi!", erwiderte Anakin scharf. „Aus meiner Sicht sind die Jedi das Böse!"

Die Worte taten Obi-Wan weh, obwohl er wusste, dass Anakin aus seinem eigenen Schmerz heraus so sprach. Er spürte, wie die Dunkle Seite immer stärker wurde, genährt von Anakins Verzweiflung. Und dann, als Anakin nahe genug für einen Hieb mit dem Lichtschwert kam, erhob sich der Jedi in Obi-Wan und er tat schließlich das, was er geglaubt hatte, nie tun zu können.

Er ließ los. Ruhig, konzentriert, befreit – zumindest für den Augenblick – von Schmerz und Verzweiflung, in der lebendigen Macht ruhend, so wie man es ihm beigebracht hatte, sah Obi-Wan seinen ehemaligen Freund und Schüler an und tat das Unerwartete. Er machte einen weiten Satz in die Luft und landete auf dem höher gelegenen Ufer des Lavaflusses.

„Es ist vorbei, Anakin“, sagte er und sah nach unten. „Ich stehe höher. Versuche es nicht.“

„Ihr unterschätzt die Macht der Dunklen Seite!“, schrie Anakin zurück. Und beim letzten Wort sprang er.

Obi-Wans Lichtschwert rührte sich. Es durchschnitt Anakins Knie und auf dem Rückschwung seine verbleibende Hand. Anakins Lichtschwert fiel Obi-Wan zu Füßen. Das, was von Anakin noch übrig war, fiel in den schwarzen Sand, nur knapp am Rand des Lavaflusses vorbei.

Anakin. Nein, korrigierte Obi-Wan sich, nicht Anakin. Darth Vader. Darth Vader kratzte mit seinem mechanischen Arm im Sand und versuchte, sich von dem Lavafluss wegzuziehen. Obi-Wan sah auf den verstümmelten Körper hinab und spürte endlich Tränen in seinen Augen. „Du warst der Auserwählte“, sagte er, aber nicht zu Darth Vader, sondern zu seinem toten Freund Anakin. Zu dem Mann, dessen Geist Darth Vader getötet hatte. „Du solltest die Sith vernichten, nicht ihnen beitreten. Du solltest die Macht ins Gleichgewicht bringen, und sie nicht in Dunkelheit stürzen.“ Er schluckte schwer. Er konnte den Körper durch seine Tränen nicht mehr sehen. Er sah kaum noch das Leuchten von Anakins Lichtschwert vor seinen Füßen.

„Ich hasse Euch!“, schrie Vader.

Als Obi-Wan sich bückte, um Anakins Lichtschwert aufzuheben, rutschte Vader zu dicht an die Lava, und seine Kleider fingen Feuer. Die Flammen hüllten ihn in Sekunden vollkommen ein, und er schrie. Obi-Wan sah voller Schrecken zu, unfähig, sich zu rühren. Doch als die Flammen erstarben, murmelte er seine Antwort auf Darth Vaders letzten Schrei der Wut und des Hasses. „Du warst mein Bruder, Anakin. Ich habe dich geliebt."

Die Schreie erstarben mit den Flammen. Obi-Wan wandte sich weinend ab und sah, dass eine Fähre landete. Wer auch immer es war, Obi-Wan wollte niemanden sehen. Er rannte zurück zu Padmés Skiff. C-3PO und R2-D2 hatten Padmé bereits an Bord gebracht, worüber er sehr froh war. Er wollte jetzt nur von diesem Ort verschwinden. Später ... später würde er vielleicht in der Lage sein, darüber nachzudenken, was als Nächstes geschehen würde.

Kapitel 20

Als die imperiale Fähre die Flügel hochklappte und auf der obersten Landeplattform landete, sah Darth Sidious, wie ein kleines Raumschiff von Mustafar floh. Doch er konnte seine Fähre nicht zur Verfolgung losschicken – die bedrückende Unruhe war stärker denn je, und sie hatte etwas mit diesem Planeten zu tun, und nicht mit dem fliehenden Schiff.

Die Klonkrieger stiegen zuerst aus. Sie schwärmten in dem verlassenen Gebäude aus, um sicherzustellen, dass nichts ihren Imperator gefährden konnte. Sie fanden aber nichts als Leichen. Dann, als Darth Sidious die Kontrollzentrale inspizierte, kam einer der Klone durch eine Außentür herein.

„Dort draußen ist etwas", sagte er.

Das ist es. Darth Sidious folgte den Truppen nach draußen an das schwarze Ufer des Lavaflusses. Eine verkohlte, verstümmelte Gestalt lag da. *Nein! Das darf nicht sein!*

Doch es war so. Sein vielversprechender Schüler, der der größte Sith sein sollte, der jemals gelebt hatte – er lag entstellt, verbrannt, vielleicht tot auf dem schwarzen Boden. Darth Sidious mahlte vor Wut mit den Zähnen. Ein Teil von ihm wollte sich auf dem Absatz umdrehen und das, was von Darth Vader übrig war, von der steigenden Lava zu Asche verbrennen lassen. Selbst wenn er noch am Leben wäre, selbst wenn er gerettet werden könnte, so war Vader für immer verkrüppelt.

Und nicht nur im medizinischen Sinne. Er konnte mechanische Gliedmaßen bekommen, aber die Macht – die Dunkle wie die Lichte Seite – wurde von lebenden Wesen generiert, und man benötigte lebendiges Fleisch, um sie zu manipulieren. Darth Vader würde niemals blaue Macht-Blitze erzeugen können. Dazu benötigte man echte Hände, keine aus Metall. Und wenn so viel von seinem Körper durch Maschinen ersetzt wurde, würde er niemals mehr auch nur ansatzweise das Potenzial erreichen, das er gehabt hatte.

Es war ein großer Jammer, dachte Darth Sidious, als er seine Wut unter Kontrolle brachte. Aber vielleicht war noch nicht alles verloren. Selbst der verstümmelte Darth Vader würde noch sehr stark sein, und es würde keine Jedi mehr geben, die ihn herausfordern konnten. Dafür hatte Darth Sidious persönlich gesorgt. Also ging er weiter, bis er vor dem Körper stand. Als er sich hinunterbeugte, musste er zu seiner Überraschung feststellen, dass Darth Vader tatsächlich noch am Leben war.

Die Erleichterung vertrieb all seine Zweifel. „Holt sofort eine Med-Kapsel", befahl Darth Sidious. Klone liefen los, um die Anweisung auszuführen. Er beugte sich tiefer über Darth Vader und legte ihm die Hand auf die Stirn, um ihn mit Hilfe der Dunklen Seite am Leben zu erhalten.

Als sie von Coruscant geflohen waren, hatte Yoda Bail Organa die Wahl ihres Fluchtziels überlassen. Der Senator hatte sich ein obskures archäologisches Projekt auf dem Asteroiden Polis Massa ausgesucht. Dort bauten sie ein Funkfeuer auf und warteten hoffnungsvoll auf Obi-Wan.

Da Yoda nichts blieb als zu warten, suchte er einen ruhigen Raum und meditierte. Das Wesen, das versucht hatte, Kontakt mit ihm aufzunehmen, konnte ihn durch den neuen, dichten Schleier der Dunklen Seite sicher nicht erreichen, doch die Gewohnheit der Meditation war so stark geworden, dass er es dennoch versuchte. Und zu Yodas Überraschung kam der Kontakt dieses Mal zustande.

Qui-Gon Jinn! Kein Wunder, dass ihm die Gegenwart immer so vertraut vorgekommen war. *Noch viel zu lernen es gibt.*

Geduld, gab Qui-Gon zurück. *Ihr werdet die Zeit haben, die mir versagt blieb. Mit meiner Hilfe werdet Ihr in der Lage sein, jederzeit eins mit der Macht zu werden und dabei doch Euer eigenes Bewusstsein wahren zu können.*

Unsterblichkeit, staunte Yoda.

Die Geschichte von Darth Plagueis ist in gewisser Weise wahr. Man kann die Fähigkeit, dem Tod zu entgehen, erlangen, aber nur für sich selbst. Darth Plagueis hatte es allerdings nie geschafft, es war ein Schamane der Whills, der es konnte. Und ein Sith-Lord wird es auch nie schaffen. Es ist ein Dasein, das man durch Mitgefühl erlangt und nicht durch Gier.

Eins mit der Macht zu werden und noch immer Einfluss zu haben. Der Gedanke war verblüffend. *Eine Fähigkeit größer als alle anderen dies ist.* Yoda senkte den Kopf. *Ein großer Jedi-Meister Ihr geworden seid, Qui-Gon Jinn. Dankbar Euer Schüler ich werde.*

Er spürte die Zustimmung des ehemaligen Jedi, als Bail Organa hereinkam und ihm mitteilte, dass Obi-Wan landete. Der Kontakt war unterbrochen, doch Yoda wusste, dass Qui-Gon jetzt, nachdem es einmal geschehen war, in Zukunft keine

Schwierigkeiten mehr haben würde, ihn zu erreichen. Wenigstens konnte er Obi-Wan eine gute Nachricht überbringen.

Als das Skiff gelandet war, erhob sich Obi-Wan aus dem Pilotensitz und trug die noch immer bewusstlose Padmé heraus. Yoda und Bail warteten am Fuß der Rampe. Bail warf einen erschrockenen Blick auf Padmé. „Bringt sie schnell in das Med-Center", sagte er.

Sie haben ein Med-Center, dachte Obi-Wan. *Gut.* Er hatte befürchtet, dass die medizinischen Einrichtungen auf einem solch abgelegenen Asteroiden zu primitiv waren, um das zu behandeln, was Padmé hatte. Sie hätte wieder zu sich kommen müssen, nachdem Darth Vader sie nicht mehr gewürgt hatte, doch das war sie nicht. Obi-Wan wusste allerdings nicht viel über schwangere Frauen. Vielleicht stimmte ja etwas anderes nicht.

Er übergab Padmé erleichtert den Medi-Droiden und setzte sich mit Bail und Yoda in den Beobachtungsraum. Ein paar Augenblicke später kam einer der Droiden zum Fenster. „Medizinisch gesehen ist sie vollkommen gesund", sagte der Droide. „Aber wir verlieren sie aus unerklärlichen Gründen dennoch."

„Sie stirbt?", sagte Obi-Wan voller Schrecken. *Nein! Nein!* Er konnte nicht noch einen solchen Verlust ertragen.

Doch der Medi-Droide schüttelte den Kopf. „Wir wissen nicht, weshalb. Sie hat den Lebenswillen verloren."

Ich weiß, weshalb, dachte Obi-Wan. *Anakin hatte ihr Herz gebrochen.*

„Wir müssen schnell operieren, wenn wir die Kinder retten wollen", sagte der Droide. „Sie trägt Zwillinge."

„Sie retten wir müssen", befahl Yoda. „Unsere letzte Hoffnung sie sind."

Die Medi-Droiden bestanden darauf, dass Obi-Wan ihnen half, obwohl er nicht wusste, was er tun konnte. Doch die Droiden waren der Meinung, dass menschlicher Kontakt helfen würde. Es waren Anakins Kinder, und es war das Letzte, was Obi-Wan für seinen toten Freund tun konnte. Er stand dabei, hielt Padmés Hand und fühlte sich hilflos.

Als die Droiden das erste der beiden Kinder holten, regte Padmé sich. Sie sah Obi-Wan voller Erstaunen an. Dann sah sie die Medi-Droiden, und sie schien zu begreifen, was vor sich ging. „Ist es ein Mädchen?", fragte sie.

„Wir wissen es noch nicht", sagte Obi-Wan angespannt. „Gleich."

„Es ist ein Junge", sagte der Droide und hielt das Kind hoch. Es war faltig, hatte ein rotes Gesicht und die Augen wegen des hellen Lichtes zugekniffen. Padmé lächelte und griff nach dem Jungen. „Luke", sagte sie, und ihre Finger berührten nur kurz seine Stirn.

„Und ein Mädchen", sagte der zweite Droide. Anders als bei seinem Bruder waren die Augen des Mädchens weit offen, und es sah in Padmés Richtung, so als wollte es ihr Gesicht sehen und es sich einprägen. „Leia", sagte Padmé.

„Ihr habt Zwillinge, Padmé", sagte Obi-Wan zu ihr. „Sie brauchen Euch. Haltet durch!"

Padmés Augen rollten hin und her, so als wollte sie ihm bedeuten, dass sie das nicht schaffen würde. „Ich kann nicht", flüsterte sie schließlich. Sie zuckte zusammen und griff nach Obi-Wans Hand. Sie hielt etwas in ihrer Hand – ein geschnitztes Stück Holz an einer langen Schnur.

„Spart Eure Kräfte", sagte Obi-Wan, doch sie hielt die Schnitzerei hoch, so als würde es sich um etwas Kostbares handeln.

„Obi-Wan", keuchte sie. „Es ist Gutes in ihm." Sie hielt schwer atmend inne. „Ich weiß …, dass … noch immer …" Ihre Stimme wurde leiser und ihre Hand erschlaffte. Obi-Wan spürte, wie das Leben ihren Körper verließ.

Sie glaubte bis zum Schluss an Anakin, dachte er und senkte den Kopf. Er wusste nicht, ob seine Tränen Padmé oder seinem verlorenen Freund galten – oder beiden.

Die Med-Kapsel hielt Darth Vader auf der Reise nach Coruscant am Leben. Wegen der dringenden Nachricht des Imperators warteten schon die besten Medi-Droiden der Galaxis im Rehabilitations-Zentrum auf seine Ankunft. Sie untersuchten ihren Patienten sofort und berichteten, dass eine Menge Arbeit notwendig sein würde. Die Amputationen waren nur eine Frage des Ersetzens. Es waren die Verbrennungen, die die Sache erschwerten. Zur Überbrückung der Vernarbung waren spezielle Verbindungen nötig. Und schlimmer noch, Darth Vaders Lungen waren von dem Feuer versengt worden. Er würde ständige Beatmung brauchen, um Luft zu bekommen. Und …

„Tut es!", stieß der Imperator hervor.

Die Droiden nickten zustimmend und machten sich an die Arbeit. Darth Sidious ging unruhig hin und her. Selbst ein Imperator, selbst der Dunkle Lord der Sith, dem all die Mittel und all die Technologie des Galaktischen Imperiums zur Verfügung standen, konnte nur wenig tun, um den Heilungsprozess zu beschleunigen.

Einige Zeit später erschien endlich ein Medi-Droide. „Mein

Lord, die Konstruktion ist fertig", berichtete der Droide. „Er lebt."

„Gut", sagte Darth Sidious und er klang erleichtert. „*Gut.*"

Der Droide brachte ihn in den Operationssaal. Eine schwarze Gestalt lag auf einem Operationstisch. Schwarze Handschuhe und Stiefel bedeckten die neuen, mechanischen Gliedmaßen. Eine spiegelglatte, schwarz glänzende Maske verbarg das vernarbte Gesicht. Der Tisch begann sich zu bewegen und die Gestalt in eine aufrechte Position zu bringen. Ein mechanisches Atemgeräusch ertönte.

Ja, dachte Darth Sidious. *Er wird sie in Angst und Schrecken versetzen. Auch wenn er nicht mehr so mächtig ist, wie ich gehofft hatte, so wird er doch mächtiger sein als irgendjemand sonst.*

„Lord Vader", sagte Darth Sidious. „Ihr dürft Euch erheben."

Eine von den Lautsprechern im Innern der Maske verzerrte, tiefe Stimme antwortete. „Ja, Meister." Der Helm drehte sich, so als suchten die verbrannten und geschwächten Augen den Raum ab, als passten sie sich an die Displays im Innern an, die alles verstärkten und intensivierten, damit die Augen vorgeben konnten, zu sehen. „Wo ist Padmé? Geht es ihr gut?"

Und jetzt der letzte Schritt, dachte Darth Sidious. *Die Worte, die ihn für immer an die Dunkle Seite binden werden. Und sie werden nicht einmal eine Lüge sein. Zumindest nicht vollends.* „Ich befürchte, sie ist tot", sagte er, wobei er eine Andeutung von sanftem Bedauern, aber auch Tadel in seine Stimme legte. „Es scheint, dass Ihr sie in Eurem Zorn getötet habt."

Vader stöhnte protestierend. Und dann schrie er. Er beugte sich nach vorn, zerriss die Fesseln, die ihn an dem Tisch hielten und schrie noch einmal. Gegenstände explodierten und flogen im Raum umher – Bauteile, Droiden und alles, was sonst nicht befestigt war – als Darth Vader seinem Schmerz und seiner Verzweiflung Ausdruck verlieh.

Und während Darth Vader schrie, lächelte Darth Sidious. Jetzt gehörte sein Schüler ihm. Für immer.

Der Konferenzraum in Bail Organas Raumkreuzer sah genau wie all die anderen Konferenzräume aus, die Obi-Wan von innen gesehen hatte. Er wollte nicht hier sein. Er wollte keine Entscheidungen über die Zukunft treffen, und sicherlich wollte er nicht über die Vergangenheit nachdenken. Doch er, Yoda und Bail Organa waren die Einzigen, die noch übrigen waren, um Entscheidungen zu treffen. Also saß er da und versuchte, sein müdes Gehirn zum Nachdenken zu bewegen – darüber, was mit dem Leichnam der Frau seines besten Freundes geschehen sollte und mit den beiden Kindern, die vielleicht die letzte Hoffnung der Galaxis waren.

„Nach Naboo ihren Leichnam schickt", sagte Yoda. „Schwanger sie noch erscheinen muss. Versteckt, in Sicherheit die Kinder gebracht werden müssen."

„An einen Ort, an dem die Sith ihre Gegenwart nicht spüren", sagte Obi-Wan.

„Sie trennen wir sollten."

Bail Organa hob die Hand. „Meine Frau und ich werden das Mädchen nehmen. Wir haben immer darüber gesprochen, ein kleines Mädchen zu adoptieren. Wir werden es liebevoll aufnehmen."

In aller Öffentlichkeit versteckt, dachte Obi-Wan und nickte. „Was ist mit dem Jungen?"

„Nach Tatooine. Zu seiner Familie ihn schickt."

Als Obi-Wan an diesen rauen, trockenen Planeten dachte, zuckte er zusammen. Aber es gab keinen anderen Ort, und Tatooine war ein Randplanet. Die Hutt-Gangster, die ihn beherrschten, hatten sich nie der Galaktischen Republik angeschlossen, und sie würden sich auch vom Imperium fern halten. „Ich werde den Jungen dorthin bringen und auf ihn Acht geben", sagte Obi-Wan. Er sah Yoda an und wartete auf eine Rückversicherung, von der er wusste, dass Yoda sie ihm nicht geben konnte. „Meister Yoda, denkt Ihr, dass Anakins Zwillinge Darth Sidious besiegen können?"

„Stark ist die Macht in der Skywalker-Linie", gab Yoda zurück. „Nur hoffen wir können." Er sah zu Bail auf. „Dann ist es beschlossen. Bis die Zeit reif ist, verschwinden wir werden."

Bail nickte und ging, um seinem Piloten Anweisungen zu geben. Obi-Wan erhob sich ebenfalls zum Gehen.

„Einen Augenblick, Meister Kenobi", sagte Yoda.

Obi-Wan drehte sich um. *Was jetzt noch?*, dachte er.

„In Eurer Einsamkeit auf Tatooine eine Trainingsaufgabe ich für Euch habe."

„Training?" Er hatte noch nie von einem Training für Jedi-Meister gehört.

Yoda lächelte. „Ein alter Freund hat den Weg zur Unsterblichkeit gefunden. Euer alter Meister Qui-Gon Jinn."

„Qui-Gon?" Obi-Wan sah ihn fassungslos an. „Aber ... wie?"

„Die Geheimnisse des alten Ordens der Whills er studierte", erklärte Meiste Yoda. „Wie mit ihm kommunizieren Ihr könnt, ich Euch lehren werde."

„Ich werde mit ihm sprechen können?"

Yoda nickte, und etwas von dem alten, alten Schmerz, der Obi-Wan seit dem Tod seines Meister begleitet hatte, fiel von ihm ab. „Eins zu werden mit der Macht, er Euch lehren wird. Euer Bewusstsein erhalten bleiben wird, wenn eins Ihr seid mit der Macht. Euer physisches Ich, vielleicht sogar."

Welche Ironie, dass wir diese Möglichkeiten jetzt entdecken, wo es die Jedi nicht mehr gibt, dachte Obi-Wan. Dann sah er Yoda an. Die Jedi waren noch nicht verschwunden. Noch nicht. Er hörte, wie das laute, hohe Schreien eines Kindes durch die Kabine schallte und lächelte. Es gab noch Hoffnung für die Zukunft.

Epilog

Senatorin Padmé Amidala wurde ein Staatsbegräbnis zuteil. Gewaltige Massen säumten die Straßen, um ihrer ehemaligen Königin die letzte Ehre zu erweisen, als ihr von Blumen geschmückter offener Sarg durch die Straßen fuhr. Sie trug den geschnitzten Japor-Splitter, den ihr geliebter Anakin ihr vor so langer Zeit gegeben hatte, als er neun und sie vierzehn gewesen war; als Krieg etwas Unvorstellbares und die Sith-Lords ein böser Traum gewesen waren.

Obi-Wan und Yoda sahen sich die Beerdigung von Bail Organas Raumkreuzer an. Näher wagten sie sich nicht heran. Die Aufmerksamkeit des Imperators war sicherlich auf die Beerdigung gerichtet, und sie würden nicht das Risiko eingehen, entdeckt zu werden.

Kurz danach nahm der Imperator seinen neuen Schüler in eine entlegene Gegend der Galaxis mit, wo gerade die Konstruktion einer neuen Superwaffe begann – eine riesige Raumstation, die die Gewalt hatte, ganze Planeten mit einem einzigen Schuss zu vernichten.

Als die Beerdigung vorbei war, brachte Bail Organa seinen Kreuzer auf einen sorgsam geplanten Kurs nach Alderaan. Kurz nachdem das Schiff Naboo verlassen hatte, setzte es zwei kleine Fluchtkapseln in zwei verschiedenen Richtungen entlang des Outer Rim ab. Die eine brachte Meister Yoda auf den wenig einladenden und unbewohnten Sumpfplaneten Dagobah. Die andere brachte Jedi-Meister Obi-Wan Kenobi und einen weinenden kleinen Jungen in Richtung Tatooine. Das Mädchen flog wie geplant weiter nach Alderaan, um dort von Bail Organa und seiner Frau, der Königin von Alderaan, als Prinzessin aufgezogen zu werden. Es wurde von den Droiden R2-D2 und C-3PO begleitet.

Als Obi-Wan Tatooine erreichte, verkaufte er die Fluchtkapsel in Einzelteilen. In der von illegalen Machenschaften regierten Stadt Mos Eisley würde die Kapsel innerhalb weniger Stunden nicht mehr aufzufinden sein. Mit den Credits, die er bekam, kaufte Obi-Wan ein Eopie-Reittier für die Reise zu der kleinen Feuchtfarm, auf der Anakins Stiefbruder Owen Lars noch lebte. Owen und seine Frau Beru stimmten zu, ihren Neffen aufzuziehen. Obi-Wan sagte ihnen nur, dass beide Eltern des Jungen tot waren. Er erzählte ihnen keine Details, wie Anakin und Padmé gestorben waren.

Als die Zwillingssonne unterging, ritt Obi-Wan in die Wüste von Tatooine hinaus. In seinem Gepäck hatte er Anakins Lichtschwert. Er würde es während des langen, einsamen Exils aufbewahren, als Andenken und Erinnerung. Er würde es bis zu dem Tag aufbewahren, an dem er es Anakins Sohn geben konnte – Luke Skywalker.

STAR WARS

Die Klonkriege im Überblick

Die Schlacht um Geonosis stellte den Auftakt des legendären intergalaktischen Konflikts dar, der als „Die Klonkriege" in die Geschichte eingehen sollte und das Schicksal der Republik entscheidend veränderte.
Auf der einen Seite stand die Konföderation der unabhängigen Systeme mit dem charismatischen Count Dooku als Führer, unterstützt von mächtigen Gilden und Handelsorganisationen und deren Droiden-Armeen. Auf der anderen Seite die treuen Anhänger der Republik und ihre Klonarmee unter der Führung der Jedi-Ritter. Dieser Krieg wurde an vielen Fronten gekämpft – mit großem Heldenmut und zahlreichen Opfern auf beiden Seiten.
Hier eine Übersicht der wesentlichen Ereignisse dieses Krieges und deren chronologische Einordnung …

Monate (nach Episode II)	Ereignis	Dokument
0	**Die Schlacht um Geonosis** *Star Wars:* Episode II – Angriff der Klonkrieger	Film (Lucasfilm Ltd., Mai '02)
0	**Republic Commando** *Star Wars*: Republic Commando	Videogame (ActiVision, März '05)
0	**Die Suche nach Count Dooku** Boba Fett 1: Der Kampf ums Überleben	Roman (Panini-Dino, Mai '03)
+1	**Die Schlacht um Raxus Prime** Boba Fett 2: Im Kreuzfeuer	Roman (Panini-Dino, Mai '03)
+1	**Das Dark Reaper Projekt** The Clone Wars	Videogame (Electronic Arts, Nov. '02)
+1,5	**Verschwörung auf Aargau** Boba Fett 3: Das Labyrinth	Roman (Panini-Dino, Aug. '03)
+2	**Die Schlacht um Kamino** Klonkriege I: Die Verteidigung von Kamino	Comic (Panini-Dino, Aug. '03)
+2	**Durge vs. Boba Fett** Boba Fett 4: Gejagt	Roman (Panini-Dino, Nov. '03)

Monate (nach Episode II)	Ereignis	Dokument
+2,5	**Die Verteidigung von Naboo** Klonkriege II: Im Visier des Bösen	Comic (Panini-Dino, Feb. '04)
+3	**Mission nach Qiilura** Republic Commando: Feindkontakt	Roman (Panini-Dino, Feb. '05)
+6	**Die Haarun Kal-Krise** Mace Windu und die Armee der Klone	Roman (Blanvalet, März '04)
+6	**Attentat auf Null** Das Vermächtnis der Jedi #1	Roman (Panini-Dino, März '04)
+6	**Die Devaron-List** Klonkriege IV – Licht und Schatten	Comic (Panini-Dino, Aug. '04)
+12	**Hinterhalt auf Ord Cestus** Obi-Wan Kenobi und die Biodroiden	Roman (Blanvalet, Okt. '04)
+15	**Die Schlacht um Jabiim** Klonkriege III – Das letzte Gefecht von Jabiim	Comic (Panini-Dino, April '04)
+16	**Die Flucht von Rattatak** Klonkriege V – Auf Messers Schneide	Comic (Panini-Dino, Okt. '04)
+30	**Die Eroberung von Praesitlyn** Die Feuertaufe	Roman (Blanvalet, Nov. '04)
+31	**Die Zitadelle auf Xagobah** Boba Fett 5: Eine neue Bedrohung Boba Fett 6: Auf der Spur	Roman (Panini-Dino, Juli '04) (Panini-Dino, Nov. '04)
+33	**Die Jagd nach Darth Sidious** Labyrinth des Bösen	Roman (Blanvalet, April '05)
+36	**Anakin verfällt der Dunklen Seite** *Star Wars:* Episode III – Die Rache der Sith	Film (Lucasfilm Ltd., Mai '05)

STAR WARS JEDI QUEST
Anakins Abenteuer zwischen Episode I und Episode II
Band 1: Der Pfad der Erkenntnis ISBN 3-89748-416-1
Band 2: Der Weg des Padawan ISBN 3-89748-556-7
Band 3: Die Spur des Jedi ISBN 3-89748-557-5
Band 4: Tödliche Spiele ISBN 3-89748-558-3
Band 5: Meister der Täuschung ISBN 3-89748-698-9
Band 6: Die Akademie der Angst ISBN 3-89748-699-7
Band 7: Die Schattenfalle ISBN 3-8332-1070-2
Band 8: Der Augenblick der Wahrheit ISBN 3-8332-1071-0
Band 9: Wachablösung ISBN 3-8332-1072-9
Band 10: Der trügerische Frieden ISBN 3-8332-1200-4
Band 11: Die letzte Machtprobe ISBN 3-8332-1230-6 Das Finale
STAR WARS JEDI QUEST
DER WEG DES PADAWAN
DIE AKADEMIE DER ANGST
TÖDLICHE SPIELE
DER AUGENBLICK DER WAHRHEIT
AUSERWÄHLT VON DER MACHT.
VERDAMMT ZUR DUNKLEN SEITE.
LUCAS BOOKS
© 2005 Lucasfilm Ltd. & ™.
All rights reserved.
Used under authorization.
Dino
WWW.DINOCOMICS.DE

STAR WARS
BOBA FETT
Die Klonkriege toben in der Galaxie und Boba Fett ist mitten drin!
DER KAMPF UMS ÜBERLEBEN
IM KREUZFEUER
DAS LABYRINTH
Band 1: Der Kampf ums Überleben
Die Suche nach Count Dooku
ISBN 3-89748-705-5
Band 2: Im Kreuzfeuer
Die Schlacht von Raxus Prime
ISBN 3-89748-706-3
Band 3: Das Labyrinth
Verschwörung auf Aargau
ISBN 3-89748-707-1
GEJAGT
EINE NEUE BEDROHUNG
AUF DER SPUR
Band 4: Gejagt
Durge vs. Boba Fett
ISBN 3-89748-708-X
Band 5: Eine neue Bedrohung
Die Zitadelle auf Xagobah
ISBN 3-8332-1068-0
Band 6: Auf der Spur
Kopfgeldjäger vs. Jedi
ISBN 3-8332-1069-9
Dino
WWW.DINOCOMICS.DE
Im Buchhandel
© 2004 Lucasfilm Ltd. & ™. All rights reserved. Used under authorization.
LUCAS BOOKS

STAR WARS
REPUBLIC COMMANDO
DIE ELITE DER KLONKRIEGER IM
UNDERCOVER-EINSATZ!
Der offizielle Roman zum Star Wars Videogame!
STAR WARS
REPUBLIC COMMANDO
FEINDKONTAKT
Ein Klonkriegsroman
KAREN TRAVISS
Star Wars REPUBLIC COMMANDO: Feindkontakt
Der offizielle Klonkriegsroman zum atemberaubenden, neuen Videogame von LucasArts.
ISBN 3-8332-1199-7
LUCAS BOOKS
LUCAS Arts
www.starwars.com
www.lucasarts.com
Ab sofort im Buchhandel!
Dino
www.paninicomics.de
© 2005 Lucasfilm Ltd. & ™. All rights reserved.

ell dir eine welt vor, in der du nie die sonne siehst.
garth nix'
DER SIEBTE TURM
TM
Das große Finale in Band 6!
Band 4:
Jenseits der Grenze
ISBN: 3-89748-405-6
Band 5:
Die Schlacht beginnt
ISBN: 3-89748-554-0
Band 6:
Der violette Sonnenstein
ISBN: 3-89748-555-9
Band 1:
Sturz in die Dunkelheit
ISBN: 3-89748-402-1
Band 2:
Mauern des Todes
ISBN: 3-89748-403-x
Band 3:
Aenir – Reich der Schatten
ISBN: 3-89748-404-8
Dino
www.DinoAG.de
entdecke das Licht.
www.theseventhtower.com
LUCAS BOOKS